KB165165

나의 아름다운 벚꽃 동산

백형찬 수필집

나의 아름다운 벚꽃 동산

초판 1쇄 인쇄 | 2018년 10월 24일
초판 1쇄 발행 | 2018년 10월 31일

지은이 | 백형찬
펴낸이 | 지현구
펴낸곳 | 태학사
등　록 | 제 406-2006-00008호
주　소 | 경기도 파주시 광인사길 223
전　화 | (031)955-7580~2(마케팅부)·955-7585~90(편집부)
전　송 | (031)955-0910

전자우편 | thaehak4@chol.com
홈페이지 | www.thaehaksa.com

저작권자 ⓒ 백형찬, 2018
이 책의 저작권은 저자에게 있습니다.
저자와 출판사의 허락 없이 내용의 일부를 인용하거나
발췌하는 것을 금합니다.

값은 뒤표지에 있습니다.
ISBN 978-89-5966-194-7　03810

이 책은 2018학년도 서울예술대학교 연구비 지원에 의해 발간되었습니다.

나의 아름다운 벚꽃 동산

글·사진 백형찬

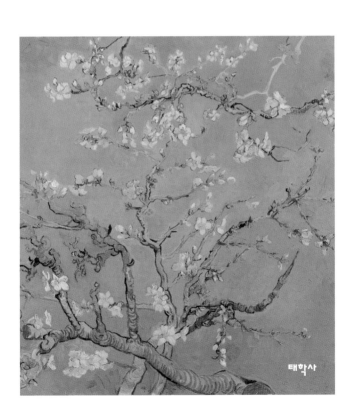

태학사

모자를 그려놓고 무섭냐고 물었다. '모자가 뭐가 무서워?' 하
고 어른들이 대답했다. 그 그림은 모자를 그린 것이 아니었다.
그것은 코끼리를 삼킨 보아 구렁이를 그린 것이었다. 생텍쥐
페리의 『어린 왕자』 맨 앞에 나오는 이야기이다. 그 어른들 중
에 하나가 나다. 그렇게 상상력이 부족한 사람이 두 번째 수필
집을 냈다. 금아 피천득 선생님은 평생 수필집을 한 권만 냈는
데 나는 욕심스럽게도 두 권이다. '수필은 청자연적이요, 난이
요, 학이요, 청초하고 몸맵시 날렵한 여인'이라 했는데, 내가
쓴 글은 여러 번 읽어보아도 그렇지가 않다. 그래서 마냥 부끄
럽기만 하다.

책 제목을 '나의 아름다운 벚꽃 동산'으로 했다. 벚꽃 동산하면

안톤 체호프의 연극이 떠오를 것이다. 하지만 나에게 벚꽃 동산은 내가 몸담고 있는 학교, 예전에 가르쳤던 학교, 내가 졸업한 학교이다. 또한 나의 사랑하는 가족이고, 함께 신앙 생활하는 공동체이기도 하다. 더 나아가 내가 태어나고 자란 이 나라 이 땅이기도 하다. 벚꽃이 만발한 동산을 가만히 생각해본다. 영화 장면처럼 멋있고, 고향처럼 푸근해서 그 동산에 편히 누워 쉬고 싶다. 그래서 책 표지 그림을 고흐의 '꽃이 활짝 핀 아몬드 나무'로 하였다. 조카의 탄생을 기쁘게 기다리며 그린 이 꽃 그림은 아마 세상에서 가장 따뜻한 그림일 것이다. 아름다운 추억이 아롱아롱 달려있는 내 벚꽃 동산으로 여러분을 초대한다.

이 책은 다섯 장으로 나누어져 있다. 첫째 장에는 최근에 쓴 신작 수필이 실려 있고, 둘째 장에는 에세이문학, 에세이스트, 한국산문 등 수필문학 전문지에 쓴 글들이 담겨있다. 셋째 장에는 일간지에 교육적 사명감을 갖고 기고했던 글들이 들어있다. 그리고 넷째 장에는 가톨릭평화신문에 연재한 신앙단상 에세이가 실려있고, 다섯째 장에는 내가 다니는 성당 주보(한 주일마다 발행하는 소식지)에 실린 글들이 들어있다. 이들 글

속에는 예술가를 꿈꾸는 젊은이들을 가르치면서 겪은 에피소드가 적혀있고, 교육학을 전공한 사람으로서 교육문제에 대한 나름대로의 생각이 들어있다. 또한 짤막한 이야기들을 통해 나의 연약한 신앙을 고백하였다. 이렇듯 교육수필, 생활수필, 신앙수필을 삼색나물 비빔밥처럼 맛있게 비벼 상위에 올려놓는다. 맛을 내는 고추장은 그동안 내가 스마트폰으로 찍은 사진으로 했다. 글에 사진을 붙여 흥미와 재미를 북돋웠다.

글을 쓰면서 문득 조병화 시인의 '의자'라는 시가 떠올랐다. '지금 어드메쯤 아침을 몰고 오는 어린 분이 계시옵니다. 그분을 위하여 묵은 의자를 비워 드리겠어요.' 그 옛날 고등학교 때 배운 시인데 왜 지금 생각나는 것일까? 이순(耳順)의 나이를 넘어서니 시 구절이 새록새록 가슴에 와 닿는다. 이젠 많은 것을 내려 놓으라는 하늘의 메세지 같다. 교육자로서의 삶을 정리할 때가 온 것 같다. 정년도 몇 해 안 남았다. 그래서 연구실 책을 반이나 버렸다.

올여름은 정말 숨쉬기조차 힘들었다. 기상관측 사상 연일 최고의 날씨를 기록했다. 가을을 부끄럽게 맞이하지 않으려고 방학 중에도 거의 매일 연구실로 출근해 글을 썼다. 그러곤 다듬고 또 다듬었다. 원고가 최종 마무리될 무렵, 태풍이 지나가면서 시원한 바람을 선물해주었다. 글을 끝내려니 고마운 분들이 생각난다. 우선 수필가로 등단할 수 있도록 길을 열어 주신 문학나무 황충상 주간님과 맹난자 선생님께 깊이 감사드린다. 그리고 첫 번째 수필집에 이어 두 번째 수필집 출판도 기꺼이 맡아주신 태학사의 지현구 사장님께 각별히 고마운 마음을 전한다. 끝으로 글을 쓸 수 있도록 지혜와 건강을 허락해주신 하느님께 감사와 찬미와 영광을 드린다.

2018년 가을
서울예대 벚꽃 동산에서
백형찬

차 례

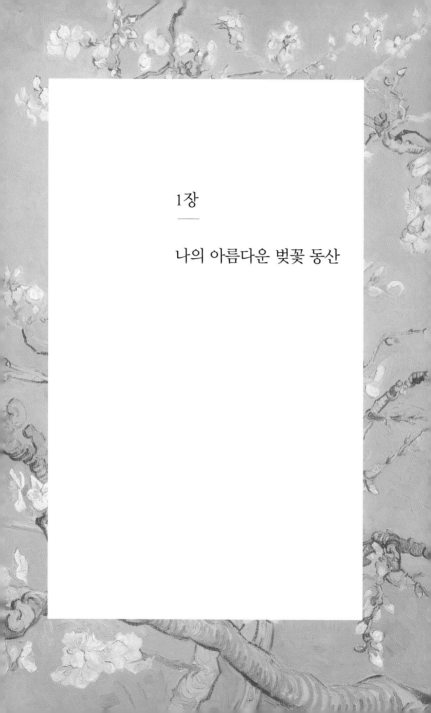

1장

나의 아름다운 벚꽃 동산

꿩 이야기

봄비가 촉촉이 내린다. 학교 뒷산은 더욱 푸르다. 숲은 갖가지 녹색 옷으로 갈아입었다. 노란 녹색, 연두 녹색, 보라 녹색이 한데 어우러져 화려한 녹색 잔치를 벌인다. 오월 중순에는 어김없이 아카시아 꽃이 피고 찔레꽃이 핀다. 아카시아 꽃향기를 맡으면 어릴 적 개구쟁이 친구들과 인천 자유공원 언덕에서 뒹굴며 놀던 추억이 떠오른다. 찔레꽃 향기는 빡빡머리 시절, 이웃 여학교의 단발머리 여학생 얼굴을 생각나게 한다.

바람이 불어오더니 어디선가 '뻐꾹' 하는 소리가 들린다. 이어서 '꿩' 하는 소리도 들린다. 꿩 소리를 들으니 몇 년 전 일이 떠오른다. 내 연구실은 산기슭에 있어서 해마다 봄이면 온갖 새들이 날아와 지저귄다. 그날도 연구실에 앉아 원고를 쓰고 있었다. 나는 글 쓸 때면 클래식 음악을 틀어놓는다. 모차르트의 '아이네 클라이네 나흐트 무지크'나 바흐의 '첼로 무반주곡'을 듣는다. 조용히 음악을 들으며 글을 쓰고 있는데, 갑자기 유리창에서 '꽝' 소리가 났다. 무척이나 놀랐다. 무엇인가 심하게 부딪쳤다. 몇 년 전에도 태풍이 심하게 불던 날, 숲속의 커다란 나무가 강풍을 견디지 못하고 쓰러져 연구실 벽을 강타해 크게 놀란 적이 있었다. 꽝 소리가 난 유리창을 살펴보니 멀쩡하였다. 무엇 때문에 꽝 소리가 났는지 궁금했다. 그래서 2층 연구실 창문을 열고 밑을 내려다보았다. 그랬더니 땅바닥에 무언가 커다란 물체가 하나 떨어져 있었다. 나는 급히 1층으로 내려갔다. 그리고 출입문을 열고 뒷마당으로 나갔더니 떨어진 물체는 바로 커다란 꿩이었다. 꿩을 두 손으로 들어 올렸다. 그랬더니 꿩의 따뜻한 기운이 전해졌다. 심장이 뛰고 있었다. 아직 살아있었다. 그런데 눈동자는 뒤집어져 있었다. 기절한 상태였다. 난 어떻게 해서든지 살려보기로 했다. 그래서 휴대폰을 열어 인터넷을 빠르게 검색했다. 이런 상태의 새는 다시 살릴 방법이 없다고 나왔다. 어째서 꿩이 내 연구실 유리창을 그렇게 심하게 부딪친 것일까? 그 이유가 궁금했다. 인터넷 설명으로는 새들은 유리에 반사된 모습이 실제인 줄 알고 그냥 '쌩' 날아가다가 유리창에 부딪쳐 그 충격으로 죽는다고 했다. 도심에 있는 고층 빌딩 유리창에서도 그런 일이 자주 발생한다고 했다. 내 연구실 유리창엔 나무숲이 반사되어 있었다.

나는 연구실로 올라가 수건 한 장을 갖고 내려왔다. 수건으로 꿩을 정성껏 감쌌다. 큰 꿩이라 무거웠다. 무슨 인연으로 이 날짐승이 내 팔에 안겨 이렇게 죽어가고 있는지 참으로 안타까웠다. 이 날짐승을 어떻게 처치해야 하나 고민되었다. 아직도 숨을 쉬고 있는 날짐승을 땅에 묻을 수도 없고, 그렇다고 쓰레기장에 버릴 수는 더더욱 없었다. 한동안 꿩을 가슴에 안고 서성거렸다. 학생 몇 몇이 내 곁으로 다가왔다. 학생들에게 상황을 설명하고 어떻게 하면 좋겠냐고 물었다. 그 학생들 역시 뾰족한 수가 없어 묵묵부답이었다. 그냥 안타까운 표정만 짓고 있었다.

잠시 후, 나는 결정을 내렸다. 꿩을 안고 지원동 쪽으로 뚜벅뚜벅 걸어갔다. 지나가던 학생들이 이상한 눈빛으로 쳐다본다. 지원동에는 학생식당이 있다. 학생식당 뒷문에서 주방장을 불렀다. 그랬더니 요리복을 입은 주방장이 나왔다. 그러곤 내가 안고 있는 꿩을 보고는 의아한 표정을 지으며 물었다. "그 꿩은 살았나요? 죽었나요?" 내가 대답했다. "제 연구실 유리창에 부딪친 꿩인데요, 그 충격으로 죽어가고 있어요. 묻을 수도 버릴 수도 없어 고민 끝에 이곳으로 가져왔어요. 이 꿩이 죽으면 주방에서 일하시는 분들과 함께 요리해서 드세요." 그랬더니 주방장은 놀란 표정과 함께 입가에는 야릇한 미소를 지었다. 나는 다시 말을 이었다. "그런데 조건이 있어요. 요리해서 맛있게 드시고 예술가를 꿈꾸는 우리 학생들에게 음식을 정말 맛있게 해주셔야 해요. 그 조건으로 드리는 거예요. 그렇게 해 주실 수 있지요?" 주방장은 큰소리로 대답했다. "네, 당연하지요. 학생들이 먹는 음식을 더욱 정성스럽게 만들겠습니다." 나는 품에 안고 있는 꿩을 주방장에게 건네주었다. 꿩의 몸은 점점 식어가고 있었다.

며칠 후, 학생 식당에 들렀다. 주방장은 나를 환하게 웃으며 맞이했다. "무슨 요리를 해서 드셨어요?"라고 물었다. "튀김을 해서 주방 식구들과 맛있게 먹었어요."라고 대답했다. 이어서 "주방 식구들에게 '꿩고기를 먹었으니 학생들이 먹는 음식을 더욱 정성을 다해 만드세요.'라고 지시했어요." 하고 말했다. 나는 엄지를 척 올리며 "참 잘하셨어요."라고 했다.

지금도 연구실 창밖에서는 꿩 소리가 들린다. 올봄에도 꿩이 내 연구실 창문에 부딪쳐 줄까? 그러면 그때는 우리 학생들이 '아버님' '어머님'이라 부르는 경비 아저씨들과 미화 아주머니들에게 들고 갈 것이다. 그런데 한 마리 갖고는 좀 부족할 것 같다. 적어도 세 마리는 되어야 하는데, 너무 잔인한 생각일까?

성취 스토리

봄 햇살이 좋아 연구실 밖으로 나온다. 학교가 산기슭에 자리 잡고 있어 이맘때가 제일 아름답다. 산길을 오른다. 파란 하늘을 배경으로 이제 막 올라온 연두색 작은 잎사귀들, 그리고 제법 커진 녹색 나뭇잎이 맑은 향기를 뿜어낸다. 여기저기서 새소리가 들린다. 꿩이 날아가며 '꿩' 소리를 낸다. 휘파람새도 '휙' 하니 휘파람을 분다. 그리고 빨간 날개를 가진 새가 딱따구리처럼 나무 등을 '톡톡' 친다. 정신이 샘물처럼 맑아진다.

이번 학기에 맡은 강의는 '직업과 진로'이다. 학생들이 진로를 잘 설계할 수 있도록 도와주는 수업이다. 자신이 이제껏 살아오면서 가장 크게 성취한 이야기를 작성해서 제출하라는 과제를 내주었다. 학생들은 '성취 스토리'를 쓰면서 많은 생각을 할 것이다. 성취한 일도 생각해 낼 것이고 실패했던 일도 생각해 낼 것이다. 그러면서 무엇 때문에 성취를 했고 무엇 때문에 실패를 했는지 고민할 것이다.

예전에 적잖은 감동을 받았던 몇 편의 성취 스토리가 생각난다. A를 전공하는 남학생이 쓴 글이었다. 자신이 가장 크게 이룬 성취는 어느 제약회사가 해마다 주관하는 '대학생 국토대장정'이었다. 가장 무덥던 여름날, 보름 이상을 국토 남단에서부터 북단까지 기수가 되어 맨 앞장에 서서 걸었다. 남들은 아프면 주저앉기라고 했는데 자신은 깃발을 들었기 때문에 아파도 멈출 수가 없었다. 물집은 삼중 사중으로 생겨 발을 디딜 때마다 아팠다. 자신이 걷는 것이 아니라 깃발이 걷는다는 생각으로 걷고 또 걸었다. 계속되는 고통은 정말 견디기 어려웠다. 기수가 아니었다면 포기했을 것이다. 드디어 임진각에 도착했을 때 깃발을 든 채 그대로 주저앉아 엉엉 울었다. 두 발로 걸어서 우리나라 국토를 완주한 것이 가장 큰 성취라고 했다. 이때를 생각하면 그 어떤 고통도 참아낼 수 있다고 했다.

B를 전공한 여학생이 쓴 글이 또한 생각난다. 그 어렵다는 교

육대학에 합격했다. 졸업하면 바로 초등학교 교사가 된다. 부모님은 무척이나 자랑스러워하셨다. 그런데 졸업하자마자 그 길을 포기했다. 부모님께 말씀드렸다. "교대를 졸업했으니 부모님 소원을 들어드렸습니다. 이젠 제가 꿈꾸었던 길을 가겠습니다. 연기자가 되겠습니다." 이 말씀에 부모님은 앓아누웠다. 그러고는 우리 대학 연기과 문을 두드렸다. 합격자 발표가 나던 날, 학교홈페이지를 눌렀다. '합격'이란 단어가 튀어나왔다. 세상을 다 얻은 것 마냥 기뻤다. 드디어 어렸을 때부터 꿈꾸었던 연기자의 길을 걸어갈 수 있게 된 것이다. 그래서 서울예대 연기과 합격이 가장 큰 성취라고 했다.

C를 전공한 남학생이 쓴 글이 역시 기억난다. 집안이 가난해서 등록금을 댈 수가 없었다. 단기간에 많은 돈을 벌 수 있는 길을 찾아야 했다. 그래서 찾은 것이 원양어선을 타는 것이었다. 한 달만 열심히 일하면 한 학기 등록금을 마련할 수 있을 것 같았다. 그래서 파나마로 향하는 참치잡이 어선에 몸을 실었다. 몸이 부서질 정도로 밤낮없이 일했다. 조금만 방심하면 생명을 잃게 되는 극한 상황 속에서도 일했다. 망망대해에서 부모와 형제가 보고 싶었고 친구들도 보고 싶었다. 꾹꾹 참고

일했다. 한 달이 지났다. 부산항에 도착하니 뜨거운 눈물이 한 없이 쏟아졌다. 손에는 등록금 만큼의 현금이 쥐어졌다. 이렇게 자기 손으로 등록금을 마련한 것이 가장 큰 성취라고 했다.

학생들이 쓴 성취 스토리를 읽으면 가슴이 먹먹해진다. 내가 가르치는 학생들이 정말 자랑스럽다. 저렇게 예술에 대한 열정을 품고 공부하는 학생들을 내가 최선을 다해 도와주어야겠다는 결심을 새롭게 한다. 역시 이번 학기 수업시간에도 학생들이 성취 스토리를 발표하게 되어있다. 이번에는 또 어떤 감동적인 성취 스토리가 기다리고 있는지 자못 기대가 크다.

책 버리기

정년퇴직이 손가락으로 꼽을 만큼 얼마 안 남았다. 퇴직하면 연구실에 있는 그 많은 책들을 고민하게 될 것 같았다. 책은 이천 권이 훨씬 넘는다. 창가와 출입문 쪽 벽을 제외한 두 개의 벽에는 천장 높이까지 책이 빼곡 들어차 있다. 책꽂이에 책이 꽉꽉 꽂혀 있으니 새로운 책이 생겨도 꽂을 수가 없다. 그러니 이곳저곳에 책을 쌓아놓아 연구실은 늘 어수선했다. 이것이 늘 불만이었다. 책이 책꽂이의 주인이 되어야 하는데 거꾸로 책꽂이가 책의 주인이 되었다. 책이 책꽂이에게 먹히는 꼴이었다. 그래서 연구실 책 정리가 늘 숙제였다. 한꺼번에 많은 책을 버리기는 힘들다. 그러니 매 학기 조금씩 버리면 마지막 학기에는 홀가분하게 나갈 수 있을 것 같았다. 그래서 올여름방학이 오기를 기다렸다.

드디어 종강을 했다. 성적도 다 내고 학생들의 이의 신청도 다 끝났다. 방학이 시작하는 날, 나는 두 팔을 걷어붙이고 책장 앞으로 다가갔다. 마치 전투에 임하는 군인처럼 무장했다. 허름한 옷도 입고, 장갑과 마스크도 착용했다. 땀을 닦기 위한 수건도 준비했고, 2리터 물병도 옆에 갖다 놓았다. 제일 먼저 공격 목표가 된 것은 브리태니커 세계대백과사전이었다. 거의 30권이나 되는 책이 책장 두 칸을 모두 차지하고 있었다. 이 책은 예전에 대학 연구소 연구원으로 있을 때, 다른 대학 첫 출강 기념으로 거금을 들여 구입한 것이었다. 당시에는 백과사전은 연구와 강의에 매우 요긴하게 사용되었다. 책은 크고 무거웠다. 그래서 책을 뽑을 때는 힘이 들어갔다. 그렇지만 책을 뽑을 때 기분은 마치 대단한 학자가 된 듯했다. 그 후로 자료 검색을 인터넷에 의존하면서 백과사전은 곁에서 멀어져 갔다. 거의 스무 해 이상을 옆에 끼고 있다가 이제서 우선순위 1번으로 버리게 된 것이다. 버리기가 아까워 학교 도서관에 기증 의사를 밝혔더니 책이 넘쳐나서 지금 있는 책도 버려야 한다고 했다. 그래서 학교 직원 몇 사람에게 자녀 교육용으로 쓰겠냐고 선심 쓰듯이 물었더니 모두 손사래를 쳤다. 아이들이 책을 보질 않을 뿐만 아니라 집에 그 많은 책을 둘 공간도 없다고 했다.

대학원 시절, 적지 않은 책을 사서 공부했다. 그 책들 역시 모두 옆에 끼고 강산이 세 번 바뀔 때까지 살았다. 그동안 몇 번 들쳐 본 책도 있지만 전혀 건드리지도 않은 책들이 대부분이었다. 그 책들을 펼쳐보니 한자어 투성이었다. 그러니 헌책으로도 팔 수도 없다. 요즘 세대들은 한자에 익숙하지 않기 때문이다. 그런 책들을 책꽂이에서 모두 솎아냈다. 전공이 교육학이고 석사학위논문은 교육사회학으로, 박사학위논문은 교육행정학으로 썼기 때문에 사회학, 철학, 교육사회학, 교육행정학, 교육정책학 분야의 전문 서적들이 꽤 많았다. 특히 선진국의 대학교육 사례를 많이 연구했기 때문에 외국 서적도 적지 않았다. 젊은 날의 학문적 고민과 열정이 뜨겁게 담긴 책들이었다. 그런데 지금까지 그 책들을 들추어 보지도 않았고 앞으로도 들추어 볼 일도 없을 것이다. 그렇다면 필요한 다른 사람에게 주어야 하는데 마땅하게 줄 사람도 없다. 대학원이 있다면 대학원생을 지도하면서 참고하라고 귀한 선물처럼 줄 수도 있겠지만 대학원이 없는 대학이니 그렇게 할 수도 없다. 전문서적이라 값도 비쌌다. 적지 않은 돈을 들여 구입한 책들을 버리려고 하니 문득 아내의 얼굴이 떠오른다. 박봉 시절에 아내가 살림을 아껴 모은 돈으로 산 책들이었기 때문이다.

몇 주에 걸쳐 책을 솎아냈다. 복도 끝엔 책이 수북이 쌓였다. 엄청난 양이다. 몇 번을 버렸는지 모른다. 연구실 책 절반 정도는 버린 것 같다. 공부하는 사람으로서 책을 무척이나 아꼈는데 이렇게 많은 책을 버리다니 내 스스로가 놀랄 지경이다. 어떻게 그런 용기(?)가 나왔는지 의구심까지 들었다. 그런데 청소하는 분들께는 수고를 끼쳐드려 정말 미안했다. 이 더운 날, 그 무거운 책들을 들고 계단을 내려가 차에 실어 버려야 하기 때문이었다. 얼마나 힘들까? 그러면서 책을 버린 사람을 얼마나 원망할까? 며칠 있으면 그분들이 건물 전체 바닥을 청소한다. 교수연구실 바닥도 왁스칠한다. 그때 미안하고 고마운 마음을 담아 시원한 아이스케이크 한 보따리를 사다 드려야겠다. 그런 생각을 하니 마음이 조금은 편해졌다. 연구실 책의 반 정도가 없어지니 연구실이 밝고 환해졌다. 텅 빈 충만이라는 것이 바로 이런 것임을 조금 깨달았다. 깨끗하게 정리된 연구실을 보니 마치 새로 부임한 교수연구실 같았다. 마음가짐을 새롭게 가진다. 정년퇴임 때까지 막 임용된 신임교수처

럼 가르치겠다는 결심을 해본다. 올여름에 가장 잘한 일은 책

버린 일이었다.

동문 밥집

말로 표현할 수 없는 폭염이다. 연일 기온이 36도를 오르내리더니 오늘은 드디어 우리나라 기상 관측 사상 최고 기록을 경신했다. 40도가 넘은 것이다. 점심식사를 하기 위해 연구실 밖으로 나왔다. 아스팔트길로 들어서니 숨이 턱턱 막힌다. 마치 고열의 사우나에 들어선 것 같다. 벌겋게 달아오른 불판 위를 걷는 듯하다. 햇빛을 가리기 위해 우산을 펼친다. 그랬더니 받침대의 핀이 떨어져 나가면서 고장이 났다. 오랫동안 가방 속에 넣고 다니던 정든 우산이었다. 아깝지만 무용지물이 되었으니 버릴 수밖에 없다. 물건도 사람처럼 생로병사의 과정을 겪는가 보다.

학교 후문으로 향한다. 후문 쪽에는 소소하게 먹을 집들이 많다. 어떤 집으로 갈까 망설이다. 기숙사와 붙어있는 '메밀풍경'과 치킨집 'BHC', 요즘 새롭게 개업한 짬뽕 전문점 '상하이', 학교가 안산으로 이사 오면서부터 있었던 가정식 백반집 '수라상', 교수와 직원들이 즐겨 찾는 생선조림 전문점 '예대백반', 달콤한 맛으로 학생들이 무척 좋아하는 '내가찜한닭', 올 2월에 개업하여 문전성시를 이루는 일식집 '2월의 초밥', 카페 같은 분위기의 일본식 덮밥전문점 '다동', 큰 골목과 작은 골목 사이에 있는 예쁜 라면집 'Babal', 전망 좋기로 소문난 2층 레스토랑 'LAB', 가장 빠른 속도로 음식이 나오는 중국요릿집 '양산박', 할아버지와 할머니가 다정하게 운영하는 백반집 '다정한 밥상', 착한 가게로 인정받은 고기집 '훈이네', 주인아주머니의 웃음소리가 기가 막힌 분식집 '오뚜기' 등이 떠오른다. 이들 음식점 중엔 우리 대학 졸업생이 차린 곳이 몇 군데 있다.

우선 'LAB'을 소개한다. 간판을 LAB이라 한 데에는 이유가 있다. 이곳의 사장님은 디자인을 전공했다. 졸업 후에 학교 컴퓨터 LAB실에서 직원으로 근무했다. 음식점 안은 실험실(LAB) 같다. 학생들이 이곳에서 다양한 예술적 실험을 할 수 있도록 꾸며놓았다. 천장에서 스크린을 내리면 영화관이 되고, 창가

쪽의 중간 문을 열면 무대가 된다. '카페 랩은 기존 카페의 개념을 넘어서, 예술과 공연 활동, 각종 문화 활동이 어우러진 열린 커뮤니티 공간입니다.' 이것은 LAB 사장님이 내건 카페 이념이다. 음식점 안팎의 인테리어를 보면 영락없이 학교가 직영하는 카페 같다. 복도 벽엔 모든 학과 게시판이 걸려 있고 그곳에는 각종 행사 포스터가 붙어있다. 학보도 출입구 쪽에 가지런히 꽂아놓았다. 한쪽 벽엔 문방용품을 비롯해 전산용품을 진열해 놓고 실비로 판매하고 있고, 또 다른 벽에는 아기자기한 소품들과 잡지들이 진열되어 있다. 사장님은 후배들을 위해 매 학기 일정액의 장학금을 내놓는다. 벽에는 랩 장학금 기탁 현황이 붙어있다. 2013년부터 매 학기 한 번도 거르지 않고 지급해왔다. 또한 사장님은 학교 신문에 칼럼을 쓰기도 한다. 칼럼을 액자로 만들어 벽에 걸어 놓았다. LAB의 음식 맛은 놀랍다. 빵과 케이크는 부인이 직접 만든다. 커피도 좋은 원두만을 골라 사용한다. 특히 드립 커피는 맛과 향이 일품이다. 스파게티를 비롯해 피자도 상상을 초월하는 맛을 갖고 있다. 그래서 학기 중에는 자리가 늘 만석이다. LAB은 예술대 뒷골목을 문화예술 스트리트로 만드는데 앞장서고 있다. 사장님은 얼마 전에 아들을 보았다. 그래서 요즘 얼굴 표정은 연신 싱글벙글이다.

다음은 'Babal'이다. Babal은 우리나라 말 '밥알'을 영어로 소리 나는 대로 적은 것이다. 밖에서 이곳을 보면 이탈리아 골목에 있는 작은 레스토랑처럼 정답다. 밥알은 라면이 일품이다. 그중에서도 밥알 라면은 그야말로 인기 짱이다. 이 라면을 먹으려고 멀리서도 찾아온다. 또한 블로그에도 올라 더욱 유명해졌다. 라면 국물은 시원하기 그지없다. 명란 젓으로 국물을 내기 때문이다. 학기 중에는 늘 학생들이 줄을 서서 기다린다. 주문하는 곳에는 이런 뜻의 글이 써져있다. "재촉하면 음식이 맛없습니다. 주문하는 대로 음식을 만들기 때문에 조금만 기다려주세요. 맛있게 음식을 만들어 보답하겠습니다." 이곳에는 각종 문학책들이 여기저기에 꽂혀있다. 소설책, 시집, 수필집, 그림책 등 다양하다. 처음에는 '음식점에 무슨 문학책을 이렇게 많이 가져다 놓았을까?' 하고 궁금했다. 그런데 사장님의 전공을 알고는 고개가 끄덕였다. 사장님은 문예창작과를 나왔다. 문창과 출신답게 갖가지 음식에 문학적 맛을 얹었다. 메뉴판에는 메뉴를 문학적으로 설명하고 있다. 예를 들면 이렇다. '참기름, 단무지, 후리가케로 빚어낸 속없는 주먹밥(밥알

주먹밥), 톡톡 터지는 날치알과 고소한 치즈가 더해진 주먹밥
(치즈 날치알), 명란과 채소, 고기로 우려낸 육수가 들어간 밥
알 대표 라면(밥알라면)' 음식점 밖에는 작은 현수막이 걸려있
다. 거기에는 밥알 라면이 지금까지 몇 그릇 팔렸는지 아라비
아 숫자로 새카맣게 적어 놓았다.

마지막으로 '다동'이다. 다동의 예전 이름은 '삼치기'였다. 식
당을 처음 열었을 때 사장님은 세 명이었다. 모두들 얼굴이 비
슷비슷하고, 모두들 오토바이를 타고 출퇴근했다. 그래서 간
판을 삼치기라고 붙인 것이다. 삼치기는 후문 삼거리 길에서
조금 지난 곳에 있었다. 그런데 얼마 전에 후문 가까운 곳으로
이사 왔다. 삼치기 때와는 전혀 다른 컨셉으로 인테리어를 새
롭게 했다. 전에는 술집 컨셉이었는데 지금은 밥집 컨셉이다.
삼치기 때의 모토는 '점심에는 밥, 밤에는 술'이었다. 밥과 술
을 함께 파는 일본식 술집으로 운영했다. 그런데 지금은 컨셉
을 바꾸어 외관이나 내부나 모두 일본 가정식 백반집처럼 깨
끗하다. 그래서 잘 모르는 사람들은 예쁜 카페인 줄 알고 들어
간다. 필라멘트가 달린 백열전구가 심볼이다. '다동'의 사장님
들은 모두 광고창작을 전공했다. 그래서 서로가 선후배 관계

이다. 광고창작과는 학교 '다'동이란 건물에 위치해 있다. '다'는 '가나다라' 할 때 '다'이다. 그래서 자신들이 공부했던 건물의 이름을 그대로 간판으로 쓴 것이다. 이곳의 메뉴는 가츠동, 규동, 부타동, 돈까스, 돈까스 카레, 메밀소바 등으로 일본식 덮밥이 주류를 이룬다. 사장님은 방학이 되면 늘 일본으로 떠난다. 그곳에서 새로운 요리를 배워온다. 그래서 학기 초만 되면 '이번엔 새로운 메뉴가 무엇일까?'라는 기대감을 갖게 한다. 이번 여름 방학이 끝날 때쯤에 연어덮밥이 새롭게 등장할 계획이라 한다. 사장님은 일본간장 쯔유도 직접 만들고, 돈까스도 국내산 1등급 돼지고기만 사용하여 직접 손으로 만든다. 현재 간판인 '다동'이 학교 '다동'과 겹쳐져 적지 않은 사람들이 헷갈린다고 해서 간판을 '연우식당'으로 새롭게 바꿀 계획이다. 그리고 세 명의 사장님들 중에 두 명은 후문에서 새롭게 바꾼 이름으로 그대로 장사하고 다른 사장님은 안산 중앙동으로 진출해 '다동'으로 이름을 바꿔 새롭게 오픈한다. 승승장구하는 모습이 너무나 좋아 보인다.

학교 동문들은 음식점을 모두 '예술적'으로 운영하고 있다. 예술과 음식을 놀라울 정도로 콜라보레이션한 것이다. 그래서 학생이나 교직원들은 학교 식당에서 밋밋한 밥을 먹지 않고 이곳까지 나와 특별한 밥을 먹고 들어간다. 학교 식당을 동문들에게 위탁 운영하면 어떨까? 입추가 지나면 학교 당국에 한 번 제안해보아야겠다.

캠퍼스

무척이나 무더웠던 고3 여름방학, 나는 교복을 입고 인천에서 전철을 타고 서울 신촌에 있는 연세대학교를 찾았다. 정문을 들어서니 왼쪽에 높다란 독수리탑이 서 있었다. 힘차게 비상하는 독수리는 연세대 상징이었다. 백양로를 따라 한참 올라갔다. 푸른 잎으로 덮인 본관 건물은 무척이나 오래된 듯 고색창연했다. 본관 앞에는 대학 설립자인 언더우드 동상이 서 있었다. 푸른 청동의 언더우드는 두 팔을 벌리고 어서 오라고 반갑게 맞이해주었다.

큰 나무 밑 벤치에 앉았다. 매미 소리와 새소리가 한데 어우러져 무척이나 시원했다. 등에서는 땀이 줄줄 흘러내렸다. 모자를 벗고 손수건을 꺼내 이마에서 땀을 닦았다. 내가 이곳에 온

목적은 연세대 캠퍼스에서 미래의 나의 대학생 모습을 상상하며 흐트러진 정신을 바로 잡기 위해서였다. 근처에 윤동주 시비가 있었다. 윤동주는 연세대 전신인 연희전문 출신 시인이었다. 그의 대표작인 '서시'가 검정색 돌판 위에 새겨져 있었다. 나는 '죽는 날까지 하늘을 우러러 한 점 부끄럼이 없기를'을 소리 내어 연거푸 읽으며 꼭 합격해서 윤동주 같은 시인이 되겠다고 결심했다. 옆에는 '연세춘추사'라는 간판을 단 건물이 있었다. 우리 고등학교 교지 제목이 '춘추'인데 교지를 만드는 곳인 줄 알았다. 나중에 그곳이 연세대 신문을 발간하는 학보사라는 것을 알았다. 대학신문 기자가 되고 싶은 생각도 들었다. 그곳 플라타너스 그늘 밑에서 어머니가 싸준 도시락을 맛있게 먹었다. 연세대 캠퍼스에서 반나절을 보내는 동안 독수리의 기운을 듬뿍 받았다. 정문을 나서려니 뒤에서 연세대 응원구호인 '아카라카'가 들리는 듯했다.

내 연구실 책상 위에는 한 장의 사진이 놓여 있다. 눈이 하얗게 덮인 고려대학교 본관 사진이다. 그 모습만 보면 예순이 넘은 나이지만 지금도 가슴이 설렌다. 70년대 중반이었다. 대학에 입학원서를 내러 전철을 타고 제기동역에 내렸다. 당시 입학원서는 대학에 직접 가서 접수해야 했고, 발표 역시 대학에서 확인해야 했다. 역을 나와 하천 길을 따라 한참 걸었다. 그러고는 안암동 골목길로 들어섰다. 그 꼬불꼬불한 골목길 안에서 무척이나 헤맸다. 간신히 출구를 찾았다. 골목길을 빠져나왔을 때, 내 눈앞에는 놀라운 광경이 펼쳐졌다. 그 모습이 바로 내 책상 위에 있는 사진 속 눈 덮인 대학 본관 모습이었다. 중세풍의 웅장한 석탑이 언덕 위에 우뚝 솟아있었다. 얼마나 가슴이 설레였던지!

그 후, 정문 게시판에서 합격자 명단을 확인하면서부터 대학 생활은 시작되었다. 난 캠퍼스 곳곳을 푸르른 젊은 날의 추억으로 가득 채웠다. 고연전 응원연습을 하던 대운동장, 1학년 모두가 함께 공부하던 교양학부 건물, 축제 때 연극 공연을 올렸던 대강당, '자유와 정의' 정신을 되새겨준 4·19 기념비, 호랑이의 포효(咆哮)를 일깨워준 호상(虎像), '普專'이란 글자가 새겨진 책상에서 수업하던 본관 강의실, 파랑새 노래 소리가 울려 퍼지던 문과대 시계탑, 밤늦도록 서클 활동을 하던 학생회관, 푸근한 쉼터였던 인촌 묘소, 옥스퍼드 대학 같은 대학원 건물, 선공후사(先公後私)의 정신을 심어준 인촌 동상, 가을이면

금빛으로 빛나던 본관 잔디밭, 열공(熱工)하던 중앙도서관, ROTC 군사훈련을 받던 빨간 벽돌의 학군단 건물 등. 지금도 눈을 감고 모교 캠퍼스를 생각하면 가슴이 벅차오른다.

내가 몸담고 있는 예술대학은 무척이나 아름답다. 우선 입구부터 다른 대학과 차이가 난다. 큼직한 돌에 새빨간 글자로 새겨진 '서울예술대학교' 간판, 마치 디자인연구소 안내실 같은 정문, 곡선으로 부드럽게 휘어진 진입로. 안으로 들어오면 운동장을 넓게 감싸고 있는 푸른 잔디밭과 큼지막한 바위가 보인다. 잔디밭 사이 나무계단을 오르면 횃불 모양의 높은 조형물을 만난다. 이 작품의 제목은 '별에서 온 편지'로 서울예대인의 높은 예술창조정신을 표현한 것이다. 캠퍼스 안으로 좀 더 들어오면 제일 먼저 눈에 띄는 것이 '빨간 다리'이다. 학생들이 이름 지은 빨간 다리는 도서관(정식 명칭 '예술정보센터')이다. 도서관은 공중에서 멋지게 가동과 본부동을 잇고 있다. 이곳은 교내에서 가장 핫한 곳으로 외형뿐만 아니라 내부도 놀랍다. 서울예대 4차 산업혁명 진원지답게 꾸며 놓았다. 얼마 전엔 한국도서관협회장상과 교육부장관상을 수상했다. 빨간 다리를 지나면 원형의 중앙광장과 108개의 중앙계단을 만난다.

그곳은 마치 로마의 콜로세움 같다. 경기장(광장)을 둥그렇게 둘러싼 벽(건물들)이 조화를 이루고 있기 때문이다. 각 건축물 상단에는 빨간 앵커가 박혀있다. 그 앵커들을 와이어로 연결하면 캠퍼스 전체가 공연장이 된다. 이는 정말 놀라운 건축 기법이다. 또한 모든 건물들을 광덕산 스카이라인에 맞게 배치하여 무척이나 자연스럽고, 캠퍼스가 어머니의 품처럼 아늑하다. 몇몇 건물에 들어서면 안도 다다오의 건축 작품으로 착각한다. 노출 콘크리트 기법을 사용했기 때문이다. 건축물을 유심히 살펴보면 한국적인 요소가 많이 들어있다. 창문 하나하나가 한국 전통 창호 모양이고, 건물 출입구도 한국 전통 처마 모양에, 국기봉도 한국 전통 솟대 모양이다. 그리고 캠퍼스 곳곳에 장독대를 비롯해서 석탑, 문관석, 연자매, 맷돌, 다듬잇돌, 돌하루방 등의 전통 석물들을 배치했다. 또한 소나무, 대나무, 감나무, 배롱나무가 캠퍼스 곳곳에 심어져 있다. 이 모두가 한국적 정서를 연출한 것이다. 이렇듯 멋있고 아름다운 캠퍼스이기에 한국건축문화대상을 받았다. 캠퍼스가 아름답고 훌륭하여 국내외에서 많은 사람들이 찾아온다. 또한 영화와 드라마, CF 촬영 장소가 되기도 한다. 캠퍼스를 이렇게 디자인한데에는 특별한 이유가 있다. 학교의 창학 이념인 '한국 전통예술의 현대화'를 예술창작교육에 구현하기 위해서이다. 이렇게 꾸며진 캠퍼스 안에서 가르치고 배우다 보면 한국적 요소가 자연스럽게 예술작품 속에 스며들어 새로운 '뉴폼아트'가 창조된다. 이것을 목표로 한 것이다. 이렇게 아름다운 캠퍼스에서 예술가를 꿈꾸는 학생들을 가르친다는 것이 얼마나 기쁘고 즐거운지 모른다.

교육과정에는 두 가지가 있다. 하나는 표면적 교육과정이고 또 다른 하나는 잠재적 교육과정이다. 전자는 의도되고 계획된 교육과정을 말하고, 후자는 의도되지 않고 계획되지 않은 교육과정을 뜻한다. 잠재적 교육과정은 표면적 교육과정 못지않게 중요하다. 잠재적 교육과정은 학생의 인성뿐만 아니라 학풍, 공동체 의식, 수업에 적지 않은 영향을 주기 때문이다. 이런 잠재적 교육과정의 대표적인 것이 바로 캠퍼스다. 캠퍼스 환경을 어떻게 구축하느냐에 따라 그 대학의 문화가 결정된다. 캠퍼스는 대학인에게 영원한 마음의 고향이다.

연구비

나는 지금 학교로부터 연구비를 지원받아 연구 과제를 수행하고 있다. 과제명은 '나의 아름다운 벚꽃 동산'으로, 두 번째 수필집이다. 벚꽃 동산은 안톤 체호프의 연극 제목이지만 예술가를 꿈꾸는 학생들을 가르치는 아름다운 우리 대학이기도하고, 수필을 읽는 독자들에게는 마음의 고향이 될 수 있을 것 같아 책 제목을 그렇게 붙이려고 한다. 이 책에는 예술대학 선생으로서 그리고 교육학을 연구하는 사람으로서 교육현장에서 겪은 여러 가지 일들을 솔직담백하게 털어놓을 생각이다. 또한 신앙인으로 살아가면서 고민한 믿음에 대한 생각도 담을 계획이다.

나는 고맙게도 학교로부터 연구비를 꾸준히 지원받아 책을 만

들어 왔다. 첫 번째로 만든 책은 학교출판부에서 학내 교육용으로 제작한『예술예찬』이다. 학교 설립자인 동랑 유치진 선생의 어록을 정리한 책이다. 나중에 이 책은 출판사 '연극과인간'에서 같은 제목으로 출간되었다. 두 번째로 만든 책은 살림출판사에서 문고판(살림지식총서312)으로 제작한『글로벌 리더』이다. 책 표지에는 디자이너에게 특별히 부탁해서 만든 갈매기가 푸른 하늘을 나는 모습이 그려져 있다. 리처드 바크의『갈매기의 꿈』을 이미지화한 것이다. 이 책은 고맙게도 독자들로 부터 사랑을 받아 6쇄를 넘겼고 덕분에 여기저기 불려다니면서 '글로벌 리더' 특강도 했다. 세 번째로 나온 책은『예술혼을 찾아서』이다. 부제를 '예술가의 시련과 영광'이라고 붙였다. 표지 디자인은 미켈란젤로가 그린 시스티나 성당 천장화 '천지창조' 중에 천사의 얼굴로 했다. 표지 디자인은 고맙게도 우리 대학 교수님이 해주었다. 이 책은 영광스럽게도 동아일보 선정 '예술가의 맨얼굴' 20선에 뽑혔다. 그다음은 교재전문출판사인 서현사에서 만든『교육이야기』이다. 부제를 '한 교육학자가 들려주는 열아홉 가지 교육이야기'라고 달았다. 사실 교육학개론 책인데 너무 딱딱한 느낌을 줄 것 같아 제목을 부드럽게 붙였고, 내용도 재밌게 풀어쓰려고 노력했다. 나중에

이 책은 같은 출판사에서『교육』으로 개정하여 만들었다. 개정판 책 표지는 교육 냄새가 물씬 나도록 변화를 주었다. 19세기 프랑스 화가가 그린 'The Children`s Class'인데, 여선생님이 교실에서 어린 학생들을 가르치는 모습이 그려져 있다. 이 그림은 프랑스 교육부 건물 벽에 걸려있다. 이 책은 현재 '교육학개론' 수업시간에 교재로 사용하고 있다. 그다음 지원받아 나온 책은 태학사에서 발간한『예술가를 꿈꾸는 젊은이에게』이다. 국내외 15명 예술가들의 치열한 삶과 예술세계를 스토리텔링 식으로 풀었다. 게다가 예술가들의 얼굴을 일러스트로 흥미롭게 그려 넣었다. 이 독특한 그림은 내 수업을 들은 광고 창작 전공 여학생이 정성을 다해 그린 작품이다. 책 속 등장인물은 강수진, 나운규, 박수근, 최인호, 정기용, 백석, 김영갑, 임방울 등 우리나라 예술가를 비롯해서 이사도라 덩컨, 미야자키 하야오, 안도 다다오, 두보, 재클린 뒤 프레, 위화, 장국영 등의 외국 예술가이다. 이 책은 네이버가 선정한 책, 국립중앙도서관 사서가 추천하는 도서, 국립중앙도서관이 추천하는 여름휴가 때 읽기 좋은 책 100권에 선정되는 크나큰 영광을 얻었다. 그다음 책은 같은 태학사에서 발간한『빛나는 꿈의 계절아』이다. 이 책은 나의 첫 수필집이다. 책 제목을 박목월

시인의 '사월의 노래'에서 가져왔다. 고교 시절에 무척이나 즐겨 부르던 노래였다. 목련꽃 그늘의 그 지나간 시절들이 그리워 노래한 서른세 편의 글이 담겨있다. 기쁘게도 이 수필집은 현대수필문학상 후보까지 올라갔다. 비록 수상은 못했지만 수필가로 등단한지 5년 만에 이룬 쾌거였다. 마지막으로 연구비를 지원받아 만든 책은 이상북스에서 출간한 『죽음을 읽다』이다. 부제를 '홀로 천천히 투명하게'로 붙였다. 죽음이 주는 압박감과 무거움 때문에 책 표지 색을 갈색 톤으로 했다. 나이가 드니 주변에서 세상을 떠나는 사람들이 많아졌다. 죽음 소식을 들으며 그리고 죽음을 보면서 죽음을 진지하게 생각하게 되었다. 죽음을 앞둔 사람들에게 희망과 용기 그리고 위로를 줄 수 있을 책을 만들자는 결심을 했다. 그래서 죽음에 관련된 책들을 적지 않게 읽었고, 핵심이 되는 글을 모았다. 거기에 내가 찍은 사진들을 곁들여 죽음을 더욱 가깝게 만나도록 했다. 연구비 액수는 그렇게 많지는 않았지만 지속적으로 지원해 주어서 이렇게 좋은 책을 많이 만들 수 있었다. 이런 기회를 준 대학 당국에게 정말 고마운 마음을 전한다.

내년에는 책이 아닌 예술창작 작품으로 연구비를 지원받고 싶다. 열다섯 해 동안 학교에 근무하면서 계절이 바뀔 때마다 틈틈이 사진을 찍어 기록해왔다. 파일 속에 들어있는 사진은 삼천 장은 족히 될 것이다. 그중에서 최종적으로 약 삼백 장 정도 추려낼 것이다. 우리 대학은 안산 광덕산 기슭에 자리 잡고 있어서 사계절이 무척이나 아름답다. 자연 경치뿐만 아니라 캠퍼스 안에서 벌어지는 일들도 모두 특별하다. 내 두 눈에 의미 있게 비친 모든 장면들을 휴대폰에 성실하게 담았다. 그 알록달록한 기록들을 본부동 1층 갤러리에서 전시할 생각이다. 전시가 끝나면 그 작품들을 교수건 직원이건 조교건 학생이건 누구에게나 기쁜 마음으로 나누어줄 것이다. 전시회 제목도 이미 정해 놓았다. '어떤 교육학 교수가 열다섯 해 동안 바라본 우리 대학 봄 여름 가을 겨울'이다. 그런데 정작 연구비를 심사하는 연구위원회 위원들이 교육학 전공 교수에게 사진 작품 전시 연구비를 지원해줄지 걱정이다.

나의 아름다운 벚꽃 동산

세종문화회관 M씨어터를 향해 가는 동안 내내 가슴이 설레었다. 거의 35년 만에 대학 선후배를 만날 수 있기 때문이다. 그곳에서 나의 영원한 모교, 고려대학교 개교 110주년 기념으로 안톤 체호프의 〈벚꽃 동산〉을 공연하고 있었다. 주최는 고대 극예술연구회이다. 연극을 구경하려는 마음보다는 그리운 선후배를 만나고픈 마음이 더욱 컸다.

하마터면 구경을 못 할 뻔했다. 예매하려고 인터넷에 들어갔더니 매진이었다. 공연이 끝나는 마지막 날까지 모든 좌석이 매진이었다. 참으로 난감했다. 좀 더 일찍 서둘러 예매하지 못한 것을 크게 후회했다. 어떻게 해야 하나 곰곰이 생각하다가 어느 선배의 얼굴이 떠올랐다. 재빨리 SOS 문자를 보냈다. 그랬더니 곧바로 답장이 왔다. '해 놓겠다.'는 것이었다. 얼마나 고맙고 기쁘던지. 역시 선배님이 최고였다.

좌석은 2층 맨 앞줄이었다. 무대 정면에서 약간 오른쪽으로 치우쳤지만 무대 전체가 훤히 내려다보이는 좋은 위치였다. 막이 올랐다. 그토록 보고 싶었던 선배들이 번갈아 가며 무대 위로 올라왔다. 라네프스까야 역을 맡은 예수정 선배, 가예프 역의 장두이 선배, 피르스 역의 이찬 선배의 얼굴이 가깝게 보였다. 조명이 선배들 얼굴을 환하게 비출 때마다 나는 타임머신을 타고 1976년 1학년 신입생 시절로 날아갔다.

나는 '학식은 사회의 등불, 양심은 민족의 소금'이라는 교훈을 가진 고등학교를 졸업했다. 보수적인 학교라 머리는 완전 빡빡이었고, 교복도 검정색, 운동화도 검정색이었다. 등교할 때면 호랑이 같은 교련교사가 늘 정문에 서서 복장 검사를 했다. 교훈적 습성이 몸에 배어서 대학 강의실에서도 맨 앞자리에 앉았다. 시험 볼 때도 맨 앞자리에 앉았다. 자연히 성격은 적극적이지 못했다. 이것을 과감히 깨트리고 싶었다. 그래서 학생회관에 있는 극예술연구회 서클 문을 두드렸다. 입회 전

형에서 회장 선배가 염소 흉내를 내보라고 했다. 난생처음 염소가 되어 염소처럼 움직였고 염소처럼 울었다. '합격'이었다. 얼마나 기뻤는지 모른다. 지도교수는 영문학과의 여석기 교수님이었다. 선배들의 전공은 국문학과, 독문학과, 심리학과, 물리학과, 토목공학과 등 참으로 다양했다.

개교 70주년 기념 공연으로 셰익스피어의 〈멕베드〉를 올렸다. 연기는 장두이, 예수정 선배와 동기생인 주진모, 장영린, 이성용이 맡았다. 나는 연기자 선발 오디션에서 불합격하여 스텝으로 일했다. 부지런히 뛰어다녔다. 연세대와 이화여대까지 가서 포스터를 붙였다. 광화문 길거리에도 붙였다. 내가 붙인 포스터 덕분에(?) 대박이 났다. 공연하는 날 관람객은 대강당 입구에서부터 정문 밖까지 길게 줄을 섰다. 배꽃 모양의 배지를 단 이화여대 학생들이 꽤 많이 왔다. 얼마나 기쁘고 신이 났는지 모른다. 나는 그러다가 학군단(ROTC) 후보생 생활을 하면서 극회를 떠나게 되었다.

〈벚꽃 동산〉의 마지막 장면이 생각난다. 소란스러웠던 무대가 조용해지면서 도끼질 소리가 울려 퍼진다. 아름다운 추억이 깃든 벚꽃 동산의 벚나무가 베어지는 소리이다. 이 소리는 새 시대를 알리는 소리이기도 하다. 모교인 고려대학교도 110주년을 계기로 '민족 고대'에서 '글로벌 고대'로 거듭 태어나려고 몸부림치고 있다. 마치 '벚꽃 동산'처럼.

대학 총장

서울대 역사상 처음으로 학생이 총장 선출 과정에 참여하였다. 학생들은 정책평가단 자격으로 총장 후보들의 정책을 투표로 평가하였다. 이를 계기로 적지 않은 국립대학들이 직선제로 총장을 선출하려는 움직임을 보이고 있다. 또한 사립대학인 이화여대와 성신여대도 개교 이래 처음으로 대학구성원이 직선제로 총장을 선출하였다. 바야흐로 대학구성원이 총장을 직접 선출하는 시대가 다시 열리고 있다.

대략 12세기에 만들어진 대학은 중세 시대의 산물이다. 중세 대학은 '자치'의 특권을 가진 교수와 학생의 공동체였다. 오늘날 '대학'을 뜻하는 'University'는 라틴어 'Universitas'에서 온 말로 '교수나 학생의 조합'을 뜻했다. 최초의 대학인 이탈리아

볼로냐 대학은 철저하게 학생 중심 대학이었다. 경영권과 재정권이 모두 학생에게 있었다. 학생들이 총장을 선출했고, 교수들에게 봉급을 주었다. 강의를 게을리하거나 못하는 교수에게는 봉급을 깎았다. 반면에 프랑스 파리 대학은 철저하게 교수 중심 대학이었다. 교수가 대학운영권과 학위 수여권을 모두 쥐고 학교를 운영하였다. 우리나라 대학들도 그 옛날 볼로냐 대학처럼 학생이 직접 총장을 선출하려는 움직임이 많이 나타날 것으로 예상한다.

최근 한 신문사에서 사립대학 교수들을 대상으로 대학 총장 관련 설문조사를 하였다. 총장 선출방식에 있어서 '구성원 직선제'(36.1%), '교수 직선제'(35.1%), '간선제'(23.2%), '임명제'(3.8%)라는 결과가 나왔다. 응답자의 70퍼센트 정도가 총장 직선제를 원했다. 그리고 총장에게 요구되는 능력에 대해서는 '갈등조정 능력'(4.64점/5점 만점), '시대정신과 소통'(4.48), '자치와 자율성 의지'(4.46), '개인의 인품'(4.41), '발전기금의 확보'(4.02), '지역사회 교류협력'(4.01), '국제교류 능력'(3.88), '산학협력 능력'(3.87), '학문적 소양'(3.84) 등의 순서로 결과가 나왔다. 미국 대학 총장의 경우, 요구되는 가장 큰 능력은 '기금

모금'과 '우수 교수 초빙'이다. 이에 비하면 우리나라 대학 총장에게는 너무나 다양한 능력을 요구하고 있음을 알 수 있다. 이러니 총장의 어깨가 무거울 수밖에 없다. 또한 소속 대학 총장의 능력을 평가한 점수에서는 평균 2.41점(5점 만점)으로 절반에도 못 미쳤다.

총장은 대학의 상징적 존재이다. 예전의 대학 총장은 학내 구성원뿐만 아니라 일반인에게도 존경을 받았다. 대표적으로 고려대 유진오 총장, 연세대 백낙준 총장, 이화여대 김활란 총장을 들 수 있다. 이들은 한국 대학사에 전설로 기록되어 있는 총장들이다. 이들 거인 총장들은 지성과 야성을 두루 겸비하였다. 총장이 갖추어야 할 지성이란, 학문을 궁구(窮究)할 줄 아는 학자적 능력과 자신과 주변을 성찰할 수 있는 고도의 정신적 능력, 그리고 대학을 미래지향적으로 운영할 수 있는 경영 능력을 합친 것이라 할 수 있다. 야성이란 '자연 또는 본능 그대로의 거친 성질'이다 동물이 야성을 잃어버리면 자연에서 살아남을 수 없다. 대학 총장에게 야성이란 용맹성과 카리스마이다. 지금의 대학 총장들은 그러한 야성을 많이 잃었다. 돈줄을 쥐고 휘두르는 정부의 재정지원 사업에 길들여져 있다.

대학 총장의 능력은 국고를 얼마나 받아오는지에 달려 있다. 얼마 전, 재정지원 사업에서 탈락한 대학 총장이 이에 대한 책임을 지고 사임한 것이 이를 증명한다.

대학이 끊임없이 지향해야 할 이념은 '진리 탐구'이다. 이를 위해 교육과 연구와 봉사가 있는 것이다. 이를 저해하는 모든 것은 대학의 적이다. 총장은 이러한 적들을 물리치며 대학이념을 구현하는데 앞장서야 한다. 지성과 야성을 두루 겸비한 총장이 대학 곳곳에서 등장하길 기대해 본다.

새는 알을 깨고 나온다

한 교육기업이 전국 초·중·고 교사를 대상으로 설문 조사를 했다. 그 결과, 90%에 가까운 교사들이 "과거에 비해 교사가 학생을 대하는 태도가 변했다."고 답했다. "어떤 점이 변했느냐?"는 질문에 50%가 넘는 교사가 "학생보다는 아무 탈 없이 1년을 보내는 것을 더 중요하게 생각하게 됐다."고 답했다. 그리고 30%에 가까운 교사는 "학생이 잘못해도 혼내거나 벌을 주지 않게 됐다."고 답했다. 또한 "학생이 문제를 일으켜도 학부모와 상담하지 않는다."는 응답도 나왔다. 어떤 초등학교 교사는 "학부모의 민원이 두려워 몸을 사리고 기계처럼 가르치기만 한다."고 고백했고, 또 다른 교사는 스스로를 '생계형 교사'라 비하하기도 했다.

이쯤 되면 이 나라 교육은 회복하기 어려운 단계에 들어섰다. 누가 이 나라 교육을 이 지경까지 만들었을까? 가르치는 교사일까? 배우는 학생일까? 아니면 학부모일까? 사회일까? 그 누구를 꼭 집어서 말할 수는 없다. 어떻게 보면 모두가 가해자이고 모두가 피해자라는 생각이 든다. 서로가 서로에게 상처를 주고 상처를 입힌 것이다. 어쨌든 교육을 주도적으로 이끌어가는 사람은 교사이므로 교사가 이에 대한 책임을 통감해야 한다.

어느 교육학자의 말대로 '교사는 상품을 기계적으로 생산하는 육체적 노동자가 아니다. 학생들에게 정신적 감화를 주는 예술적 근로자이며, 더 나아가 높은 이론적 배경과 오랜 기간의 학문적 수련을 필요로 하는 전문직업인'이다. 교사가 학생들을 기계처럼 가르치고 생계를 목적으로 한다면 그런 사람은 교직에서 어서 내려와야 한다. 교직은 거룩한 성직(聖職)이며 동시에 정성을 다해 가르쳐야 하는 성직(誠職)이기 때문이다.

교육의 본질을 가리키는 말이 있다. 바로 줄탁동시(啐啄同時)이다. 병아리가 딱딱한 껍질을 깨뜨리고 나오기 위해 끊임없이 쪼는 것을 '줄'이라 하고 어미 닭이 병아리가 새로운 세상으로 나올 수 있도록 함께 쪼아주는 것을 '탁'이라 한다. 교육은 새로운 세상으로 나오려고 애쓰는 학생을 교사를 비롯한 주변 사람들이 힘껏 도와주는 일이다. 헤르만 헤세의 『데미안』에는 "새는 알을 깨고 나온다. 알은 곧 세계다. 태어나려고 하는 자는 하나의 세계를 파괴하지 않으면 안 된다."라는 유명한 말이 있다. 학생들은 알을 깨고 나와야 한다. 교사는 이를 도와주어야 한다. 그런데 문제는 학생들이 알을 깨려고 하지 않는다는 것이다. 더 큰 문제는 교사가 알을 깨고 나오려는 학생을 포기했다는 것이다. 교사는 어떤 일이 있더라도 학생을 포기해서는 안 된다. 이는 스승이기를 포기하는 것과 같다.

"교육은 학생의 머릿속에 정보를 채워주는 일이 아니다. 지식과 지혜에 대한 갈망을 불러일으켜 주는 일이 교육이다. 교사와 학생은 서로 만나 이야기를 나누면서 함께 배워간다. 양쪽이 모두 학생이기 때문이다." 이는 간디의 정신을 이어받은 비노바 바브가 한 말이다. 줄탁동시의 가르침과 교학상장(敎學相長)의 의미를 제대로 이야기해 주고 있다. 이 나라 선생님들은 반드시 비노바 바브의 말을 명심해야 한다.

2장

돌담길 예술가

헌책방

첫 산문집을 준비하고 있었다. 서른세 편의 수필 가운데 헌책방에 대한 글이 있었다. 사진을 곁들일 산문집이라 헌책방 사진이 필요했다. 그래서 서울 회현동 지하상가 헌책방을 찾았다. 그곳은 서울 남산 드라마센터에 가는 날이면 꼭 들르는 곳이다. 그 책방 주인은 흰머리에 장발을 하고 있다. 책방 깊숙한 곳에 들어앉아 LP판으로 클래식 음악만 듣는다. 종종 그가 피는 담배 냄새는 헌책 냄새와 묘한 앙상블을 이룬다. 그는 명함에 자신을 'KLIMT'라 소개한다. 손님에게 절대 먼저 말을 건네지 않는다. 그가 전화하는 목소리도 듣질 못했다. 그래서 그곳은 음악 소리만 들린다. 그런 분위기가 좋고 신비스런 주인이 좋아 그 헌책방엘 자주 간다.

堀口大學譯

ヴェルレエヌ

詩抄

東京高輪

第一書房刊行

사진을 여러 장 찍었다. 마음에 드는 사진이 카메라 속으로 들어왔다. 이젠 내가 볼 책을 고를 시간이다. 서가 앞에는 종이 박스가 여러 개 놓여 있었다. 박스마다 헌책이 가득했다. 제일 가까이 있는 박스 곁으로 다가갔다. 박스 안은 일본 책들로 가득했다. 대부분 시집과 소설책이었다. 문고판이 주류를 이루고 있었고 단행본도 종종 눈에 띄었다. 나는 한자는 어느 정도 쓰고 읽을 줄 알지만 일어는 쓰지도 읽지도 못한다. 그래서 일어책들은 나에게 큰 의미가 없었다. 그냥 대충대충 눈으로 보고 있었다. 그런데 상자 깊숙한 곳에 무척 오래된 듯한 책 한 권이 누워있었다. 바로 일으켜 세웠다. 화려한 양장본이었는데 너무 오래 되어 책등은 반질반질했다. 책 표지 제목은 지워져 있었고 오직 노란색 금줄만이 수직으로 그어져 있었다. 그 노랑 금색은 아직도 번쩍이며 살아있었다. 아무 책에나 금줄을 넣지 않는다. 약간 흥분된 마음과 호기심으로 첫 장을 들추었다. '譯詩集'이라 쓰여 있었다. 외국 시를 일어로 번역한 시집이었다. 다시 한 장을 더 들추니 흑백 삽화가 심플하게 그려져 있었다. 수염이 덥수룩하게 난 노인이 눈을 지그시 감은 채 생각에 잠겨 있다. 머리에는 중절모를 쓰고 눈에는 동그란 안경을 걸쳤다. 그 삽화 위에 일어가 적혀 있는데 그 시인의 이

65

름인 것 같았다. 그 이름을 읽을 수가 없었던 나는 그가 누구인지 무척이나 궁금했다. 삽화의 주인공은 쇼펜하우어 같기도 하고 소크라테스 같기도 했다. 그런데 이들은 철학자이지 시인은 아니지 않은가. 시인의 이름이 더욱 궁금해졌다.

한 장을 더 들추었다. 그리곤 난 크게 놀랐다. 그곳에는 '京城帝國大學圖書章'이라고 엄청나게 큰 직인이 찍혀 있었다. 놀라움과 동시에 그 아름다운 서체에 홀딱 반했다. 서체 자체가 놀라운 예술작품이었다. 분명 나무에 조각칼로 글자를 새겼을 텐데 푸른 청동에 새긴 것처럼 범접할 수 없는 기품이 깃들어 있었다. 아홉 글자가 제각기 멋을 부리고 있지만 조화를 이루고 있었다. 그 조화는 묘한 안정감을 자아냈다. 그 자태는 마치 경주 감은사지 삼층석탑처럼 기나긴 세월을 당당히 견뎌낸 듯 의연했다. 세월이 많이 흘러 누렇게 바랜 종이 위에 찍혀진 붉은 색 도장은 아직도 생생했다. 그 붉은 도장 밑에는 푸른 청색으로 '69665'라고 일련번호가 적혀 있었다. 또 한 가지 궁금한 점이 떠올랐다. 어떻게 해서 경성제국대학 도서관 책이 이곳 회현 지하상가 헌책방에 오게 되었을까?' 당연히 서울대 도서관이나 국립중앙도서관 보존서가에 있어야 하는 책인데 말이다. 어쩌면 어떤 경성제대 학생이 책을 빌려 갔는데 피치 못할 사정이 생겨 다시 반납하지 못하다가 세월이 흘러 이곳으로 흘러들어온 것일 수도 있다.

책 뒷부분 판권 페이지를 펼쳤다. 발행일은 '昭和 二年'이라 인쇄되어 있었다. 즉, 일제강점기인 1927년에 제작된 책이었다. 경성제국대학이 1924년에 설립되었으니 이 책은 빨라야 1927년 이후에나 도서관으로 들어왔을 것이다. 당시 경성제대를 다녔던 조선인들이 있었다.『김강사와 T교수』의 작가 유진오, 『시집가는 날』의 작가 오영진,『메밀꽃 필 무렵』의 작가 이효석 등의 조선인 예술가들이 생각났다. 유진오는 경성제대를 수석으로 입학해서 수석으로 졸업한 천재 작가였다. 이들이 경성제대 학사모를 쓰고 가운을 걸치고 이 시집을 펼쳐 들고 있는 모습을 상상해 본다. 특히 동그란 안경을 쓰고 도서관 서가에 몸을 비스듬히 기댄 채 시집을 읽고 있는 효석의 모습을 상상해본다. 이런 생각만 해도 즐겁다. 책은 '東京第一書房'에서 발행했고 초판은 1,500부만 찍었다. 당시로는 퍽이나 귀한 시집이었던 같다.

나는 어떻게 해서든지 책 제목을 알고 싶었다. 작가를 소개한 부분을 찾았다. 그곳에 '千八百四十四年三月三十日 出生'이라 적혀 있었다. '빙고!' 그 순간 이 생일을 네이버에 넣어보면 누군가 나올 것이란 확신이 들었다. '1844.3.30.'을 넣었더니 바로 '베를렌'이 나왔다. 베를렌(Paul Verlaine)은 '가을의 노래'란 시로 유명한 프랑스 서정 시인이다. 가을이 되면 여지없이 라디오에서 이 시가 낭송된다. 이 시집에서는 '가을의 노래'를 '秋の歌'란 제목으로 소개하고 있었다. 책 속의 인쇄된 시어들은 마치 낙엽이 가을바람에 이리저리 쓸려 다니며 노래하는 듯했다. 마치 샹송 여가수의 노래처럼 오선지 위를 아름답게 뒹굴고 있었다.

책값은 예상보다 훨씬 저렴하였다. 재빨리 책값을 주인에게 지불했다. 책방 주인은 이 책이 경성제국대학 도서관에서 소장했던 책이라는 것조차 모르는 것 같았다. 주인은 내 얼굴도 쳐다보지 않고 책값을 받았다. 그러곤 이 시집을 흰 비닐 봉투에 넣어주었다. 봉투를 건네받았더니 봉투 겉에서 시인 김수영이 러닝셔츠 차림으로 오른팔을 턱에 괸 채 크고 퀭한 눈으로 날 물끄러미 쳐다보고 있었다. 대학 시절에 꽤나 좋아했던 시인이었다. 특히 '풀이 눕는다.'로 시작하는 '풀'이란 시를 무척이나 좋아했다. 난 그 시를 학교 앞 술집 '초가집'에서 막걸리를 한잔하고도 낭송했고, 집으로 향하는 전철 1호선 안에서도 읊조렸다. 그 시인을 참으로 오래간만에 이곳 헌책방에서 또다시 만났다.

헌책방에 오면 사람들을 많이 만난다. 예기치 않은 사람도 만나고 꼭 만나야 할 사람도 만난다. 또한 헌책방에 오면 책을 많이 만난다. 뜻밖의 귀한 책도 만나고 꼭 사야 할 책도 만난다. 헌책방 그 헌책들 속에는 청색 시대가 들어 있고 그 불빛 속에는 분홍 시대가 들어있다. 헌책방 그 음악 속에는 갈색 시대가 들어있고 그 냄새 속에는 보라색 시대가 들어있다. 헌책방은 그리운 시간과 공간을 연결해주는 '웜홀' 같다.

돌담길 예술가

덕수궁 돌담길을 걷다 보면 봄 여름 가을 겨울, 늘 나무판에 조각하는 사람을 보게 된다. 그가 만든 작품들은 대한문 근처 돌담길에 나란히 세워져 있어 오가는 사람들이 걸음을 멈추고 들여다보곤 한다. 그 두툼한 나무판에는 우리가 인생을 지혜롭게 살아가는데 필요한 글들이 새겨져 있다. 명심보감에 나오는 말도 있고, 명시 구절도 있다. 그리고 푸른 말이 힘차게 달리는 그림도 있고, 어린 신랑 신부가 예쁘게 한복을 차려입은 그림도 있다. 또한 금방이라도 내 앞으로 달려 나올듯한 호랑이 그림도 있다. 작품들은 나무를 조각해서 먹물을 들이는 식이라 모두 서예 작품처럼 부드럽다. 돌담길 예술가는 작품에 '無右手人彫'라는 글자를 새겨 넣는다. 이는 자신의 호로 '오른손이 없는 사람이 만든 작품'이란 뜻이다. 그리고 붉은색의 낙관을 찍고, 작품 밑에는 청와대 대통령 문장인 봉황을 붙여 놓는다.

내가 그곳에 갔을 때는 한여름이었다. 녹색 파라솔이 펼쳐져 있었다. 그 밑에서 땀을 뻘뻘 흘리며 작업을 하고 있었다. 여전히 스포츠머리를 하고는 반팔 흰색 상의를 입었다. 그는 늘 등을 뒤로 한 채 돌담을 향해 작업하고 있기 때문에 얼굴을 제대로 본 적이 없다. 얼굴 모습이 궁금했지만 얼굴을 보려고 앞으로 가는 것도 그에 대한 예의가 아닌 것 같았다. 세워놓은 이젤에는 조각할 나무판이 올려 있고 그 위에는 글과 그림이 그려진 종이 한 장이 붙어 있었다. 글의 제목은 '無常念'이었다. 어깨너머로 보니 '靑山은 나를 보고 말없이 살라 하고 蒼空은 나를 보고 티 없이 살라 하네'라는 글이었다. 나옹선사의 선시(禪詩)였다. 목장갑을 착용한 왼손은 조각칼을 쥐고 있었다. 손이 없는 오른팔에는 흰 붕대를 칭칭 감아 그 끝에 작은 망치를 달았다. 그러고는 '念' 자에 망치와 조각칼을 대고 파내고 있었다.

나는 오래전에 돌담길 예술가에게 두 줄의 글을 건네며 작품을 만들어 달라고 부탁했다. 벌써 십여 년 전 일이다. '豈得每人悅之 但求無愧我心(기득매인열지 단구무괴아심)'라는 글이었다. 뜻은 '어찌 모든 사람들이 즐거워하는 일만 찾을 것인가 내 마음에 비추어 부끄럼 없는 것만 구하여라.'이다. 당시 내가 몸담고 있던 대학의 설립자가 인생의 좌우명으로 삼고 있는 글귀였다. 그 글의 의미가 너무 좋아 나무에 새겨 늘 가까이 두고 싶었다. 그래서 덕수궁 돌담길 그 예술가를 찾아가 작품을 부탁했던 것이다. 주문한 지 시간이 꽤 흘렀다. 어느 날, 집으로 묵직한 소포가 도착했다. 예감에 그 작품 같았다. 서둘러 포장을 뜯어보니 두툼한 나무에 열두 개의 한자가 정말 반듯하게 새겨져 있었다. 그 예술가는 그 글의 뜻을 알고는 정성을 다해 조각해 주었다. 네 귀퉁이는 조금씩 파서 검게 먹을 칠했다. 그러고는 작품을 걸 수 있도록 상단에 검은 쇠고리를 달았다. 나무는 미송(美松)이라 나뭇결이 생생하게 살아 있었다. 작품 뒤에는 붓으로 '無右手人彫'라고 썼다. 그 후로 이 작품은 늘 내 연구실 책꽂이 한가운데 걸려 있다. 나는 매일 그 글을 들여다보면서 나에게 주어진 삶을 제대로 살고 있는지 반성하곤 한다.

豈得每人悅之

但求無愧我心

난 그 돌담길 예술가가 눈이 오나 비가 오나 바람이 부나 늘 성실하게 작업하는 모습을 보면 화가 이중섭이 떠오른다. 이중섭은 자신을 화가라고 말하지 않았다. 그는 스스로를 '참다운 화공(畫工), 정직한 화공'이라 했다. 자신을 독립된 예술가가 아니라, 중세시대의 도공(陶工)처럼 하나의 공동체에 봉사하는 '성실'한 일꾼으로 생각했던 것이다. 예술가에게 성실은 무척이나 중요하다. 이는 내가 몸담고 있는 예술대학의 교훈이 '창의 협동 성실'인 것이 증명한다. 돌담길 예술가도 이중섭처럼 성실하게 작품을 만들고 있다는 생각이 든다. 오늘도 돌담길 예술가는 오른팔에 달린 작은 망치로 사람들에게 나누어 줄 행복을 '똑똑' 소리 내며 조각하고 있다.

나의 시네마 파라다이스

우리 집은 인천 자유공원 기슭 해안동에서 작은 음식점을 운영했다. 60년대 후반 어느 날, 영화 포스터를 양손에 가득 든 사람이 찾아와 식당 벽에 포스터를 붙여도 되겠느냐고 물었다. '된다.'고 하니 페인트 붓에 풀을 듬뿍 묻혀 포스터 뒷장에 쓱쓱 바르더니 벽에 척 붙였다. 그러고는 극장표 두 장을 건네주었다. 그때부터 '나의 시네마 파라다이스'는 시작되었다. 인천에는 극장이 무척이나 많았다. 집 근처부터 시작하면 시민관, 동방, 키네마, 애관, 인형, 오성, 문화, 도원, 미림, 자유, 세계, 장안극장 등 거의 동네마다 하나씩 있을 정도로 많았다. 당시 영화는 '미성년자관람가'와 '미성년자관람불가'로 분류되었다. '미성년자관람불가'가 새겨진 나무판은 무척이나 두꺼웠고, 글자색도 빨강이었다. 절대 보아서는 안 된다는 강한 경고였다. 물론 나는 영화를 엄청 좋아해서 '관람불가'도 마구 보러 다녔다. 어렸을 때니까 입장하는 어른들 곁에 바짝 붙어 들어가면 그 집 아이인 줄 알고 그냥 들여보내곤 했다. 그런데 어느 날, 그 꼬마의 부모님이 매번 바뀌는 것을 이상하게 여긴 검표원이 못 들어가게 막았다. 그러고는 그 어른에게 "댁의 아이인가요?" 하고 물었다. 아니라고 하자 꼬마 옆구리로 심한 발길질이 들어왔다. 그러자 꼬마는 극장 계단 아래로 데굴데굴 굴러떨어졌다. 크게 다쳤다. 집으로 돌아와서는 혼날까봐 장난치다가 다쳤다고 거짓말했다. 그 이후로는 절대 어른 손을 잡고 극장엘 가질 않았다.

청소년 시절에 영화란 영화는 다 본 것 같았다. 외국영화는 주로 동방과 키네마 극장에서 상영했는데, '벤허, 십계, 닥터 지바고, 러브 스토리, 바람과 함께 사라지다, 드라큘라, 혹성탈출, 타임머신, 외팔이'가 생각난다. 한국영화는 시민관, 애관 극장과 인형극장에서 주로 상영했으며 '두만강아 잘 있거라, 불가사리, 월하의 공동묘지, 미워도 다시 한번, 저 하늘에도 슬픔이, 지옥문, 장화홍련, 카인의 후예, 맨발의 청춘, 별들의 고향'이 떠오른다. 특히 '별들의 고향'은 정학 맞을 각오를 하고 본 영화였다. 그것도 고3이 교복을 입은 채로 말이다. 그 영화는 '절대' 미성년자관람불가 영화였다. 지금 생각하면 어쩌자고 그렇게 위험한 짓을 했나 싶다.

나는 지금도 영화를 혼자 보러 다닌다. 그때 생긴 버릇이다. 영화 보는 그 시간만큼은 절대적으로 나의 시간이다. 얼마 전에도 '에이리언'을 혼자 보고 왔다. 나이 먹은 어른은 나뿐이었다. 그러나 전혀 아랑곳하지 않았다. 지금도 극장에 불이 꺼지고 스크린에 영화가 돌아가기 시작하면 가슴이 두근거린다. 오래된 두근거림이다. 예전 극장표에는 일련번호가 적혀 있었고, 고무 스탬프로 영화 제목을 찍었다. 극장표를 손에 쥔 순간은 참으로 행복한 시간이었다. 극장표는 나를 전혀 다른 세상으로 데려가 주었다. 무거운 극장 출입문을 밀면 두꺼운 검정 커튼이 나온다. 그것을 들추고 안으로 들어가면 스크린에 영화가 돌아갔다. 마치 타임머신을 타고 딴 세상에 온 기분이었다. 유다 벤허가 되어 전차를 몰기도 하고, 모세가 되어 손을 들어 홍해를 가르기도 하고, 닥터 지바고가 되어 라라를 찾아 헤매기도 하고, 올리버가 되어 제니퍼와 눈싸움을 하기도 한다. 또한 독립군이 되어 일본군에게 총을 쏘기도 하고, 가난한 윤복이가 되어 껌을 팔기도 하고, 불가사리가 되어 쇠붙이를 먹어치우기도 하고, 화가 문호가 되어 경아와 함께 자리에 누워보기도 한다.

한번은 친구와 함께 시민관으로 영화를 보러 갔다. 구경을 끝내고 극장 안에서 술래잡기를 했다. 가위바위보 해서 내가 이겼다. 난 도망가 숨어야 했다. 복도에 뒤집어 세워놓은 영화 간판이 눈에 띄었다. 그 안으로 들어갔다. 그 속에 그려진 그림을 보고 난 그만 '악!' 소리를 질렀다. 드라큘라 백작이 송곳니를 드러내며 나에게 달려드는 것이었다. 얼마나 무섭고 놀랐는지 그 후론 새빨간 색은 공포의 색으로 각인되어 새빨간 색만 보게 되면 그때와 비슷한 공포를 느낀다. 새빨간 교회의 십자가와 새빨간 넥타이를 보아도 그렇다. 그러면서도 모든 드라큘라 영화를 다 보았다. 이젠 마지막으로 공포영화의 거장 이탈리아 다리오 아르젠토 감독이 만든 '3D 드라큘라'만 남겨 놓고 있다.

지금 영화관들은 멀티플랙스 시설에 3D 영상과 음향, 대형 스크린과 안락한 의자로 최첨단화되어 있다. 그래도 비가 내리던 은막이 그립고, 더빙 배우들의 멋진 목소리가 그립고, 두꺼운 검은 커튼이 그립고, 붉은 등의 임검석이 그립고, 껌을 팔던 소녀가 그립고, 지독한 소독약 냄새가 그립다. 인천은 나에겐 영원한 시네마천국이다.

법정 스님 이야기

법정 스님을 처음 만난 곳은 전남 순천 송광사였다. 당시 나는 바쁜 직장생활을 하면서 대학원 졸업논문을 준비하고 있었다. 불교의 선에 대해 관심이 많았다. 라즈니쉬의 명상 책을 읽고 있었다. 그래서 나의 전공인 교육학과 불교의 선을 연결시켜 학위 논문을 쓰려고 고민 중에 있었다. 마침 송광사 서울분원인 법련사에 갔다가 '출가 4박 5일'이라는 참선 프로그램을 알게 되었다. 가톨릭 신자였지만 용기를 내어 출가(?)하기로 결심하고 신청서를 냈다. 얼마 후에 입산(入山)하라는 연락이 왔다. 고속버스를 타고 광주로 내려갔다. 그리고 다시 시외버스로 갈아타고 순천에 도착했다. 그곳에서 다시 시내버스를 타고 송광사에 도착했다. 참으로 먼 거리였다. 드디어 우리나라 삼보 사찰 가운데 가장 유서 깊은 절인 송광사의 일주문에 들어섰다. 4박 5일 대침묵 수행이 이루어질 사자루 밑으로 조계산의 세찬 냇물이 큰 소리를 내며 흘렀다. 용맹정진하라는 메시지 같았다. 잿빛 수련복으로 갈아입고 입소식을 하였다. 그때 법정 스님이 나타났다. 스님이 바로 수련원 원장이었던 것이다. 얼마나 놀랍고 기쁘던지. 수필집『무소유』,『서 있는 사람들』을 통해 스님을 알고 있었다. 늘 맑고 향기로운 글을 써서 스님의 글을 읽으면 들떠 있던 마음이 차분히 가라앉곤 했다. 그래서 직접적인 가르침을 받진 않았지만 존경하는 마음이 늘 가득했다. 그러한 스님이 바로 내 앞에서 진리의 말씀을 들려주고 있다니 정말 믿기지 않았다. 그렇지 않아도 스님이 불일암에 계시다는 것을 알아 수련이 끝나면 곧바로 그곳으로 찾아뵈러 가야겠다는 생각을 갖고 있었다.

대웅전 앞에서 수련생들은 스님과 기념 촬영을 했다. 그때의 사진을 아직도 내 사진첩에 소중히 보관하고 있다. 삼십 년이란 세월이 흐른 사진이지만 사진 속의 스님 모습은 잣나무처럼 꼿꼿하고 청청하다. 계속되는 대침묵 가운데 수련은 종반에 들어섰다. 출가 4박 5일의 마지막 날 저녁이었다. 시원한 수박이 나왔다. 스님이 입을 열 기회를 주었다. 수련생들은 수

박을 먹으며 자기를 소개하였다. 거의 나흘 동안 입을 꼭 다물고 있다가 처음으로 입을 열려고 하니 입들이 잘 돌아가질 않았다. 그래서 여기저기서 웃음이 터져 나왔다. 그때 스님이 이런 말씀을 들려주었다. "원시인들의 입술을 보면 두툼하지요. 그런데 현대인들의 입술을 보면 얇아요. 원시인들은 꼭 할 말만 하기 때문에 입술이 닳지 않았습니다. 그러나 현대인들은 할 말 안 할 말 너무나 많은 말들을 뱉어내서 입술이 다 닳아 얇아진 것입니다. 여러분들도 꼭 할 말만 하고 필요 없는 말은 일체 하지 마세요. 필요 없는 말은 소음일 뿐입니다." 이러한 말씀을 한 후에 법명(法名)을 받고 싶은 사람은 손을 들라고 하였다. 나는 가톨릭 신자라 손을 들지 않았다. 스님은 한 사람씩 차례로 면담을 하였다. 어느덧 캄캄한 밤이 되었다. 스님은 불일암 흐르는 냇물에 발을 담그고는 수련생 한 명 한 명을 생각하면서 법명을 지었다. 그다음 날 아침에 스님은 수련생을 한 명씩 부르며 팔뚝에 불붙은 향으로 세 군데 점을 찍어 주었다. 그러면서 밤새 지은 법명을 하나씩 내려주었다. 나도 그때 법명을 하나 받아놓을 걸 이라는 후회가 지금에서야 든다. 이제 송광사를 떠날 시간이 되었다. 스님은 이별의 선물로 커다란 부채를 하나씩 주었다. 하얀 바탕에 먹으로 참선하는 모습을

그린 둥근 부채였다. 다시 속세로 가면 이곳 송광사 사자루에서의 출가 4박 5일을 기억하며 바르게 살라는 마지막 가르침 같았다.

그 이후로 나는 법정 스님을 두 번 뵈었다. 실제로 만난 것이 아니라 스님의 '흔적'을 통해 뵈었다. 한번은 경기도에 있는 어느 대학 유아교육과에서 학생들을 가르치고 있었을 때였다. 특이하게도 남학생 한 명이 공부하고 있었다. 바로 그 남학생은 법정 스님이 무척이나 사랑하였던 동화작가의 아들이었다. 당시 학생의 어머니는 어린이집을 운영하고 있었다. 마침 그곳에서 유아교육과 학생 몇 명이 실습을 하고 있었다. 난 실습지도차 그곳을 방문했다가 원장실에 걸려있는 작품에 눈이 갔다. 특이한 글씨체였다. 가까이 가서 보니 바로 법정 스님의 글씨였다. 동화작가가 살아있을 때 스님이 써주었던 것이다. 마치 스님을 뵌 것처럼 무척이나 기쁘고 반가웠다. 또 한 번은 현재 몸담고 있는 학교의 어느 교수님 연구실에 갔을 때였다. 연구실 벽에 법정 스님이 붓으로 그린 그림이 걸려 있었다. 다기(茶器)가 그려져 있고, 그 옆에는 '명산에는 좋은 차가 나고 또한 그곳에 좋은 물이 난다.'라고 쓰여 있었다. 얼마나 놀랍고 반갑던지. 깜짝 놀라는 내 모습에 그 교수님도 놀랐다. 그래서 법정 스님과의 인연을 소상히 알려주었다. 그 그림은 교수님의 아버님이 스님과 친분이 있어서 직접 그려준 것이라고 했다. 지금도 법정 스님이 그리울 때면 그 교수님의 연구실 앞을 서성거린다. 그 그림 속의 스님을 뵙고 싶기 때문이다.

내 책꽂이 아랫단에는 스님의 책이 빼곡히 자리 잡고 있다. 『무소유』부터 시작해서 『서 있는 사람들』, 『영혼의 모음』, 『산방한담』, 『텅 빈 충만』, 『물소리 바람소리』, 『버리고 떠나기』, 『진리의 말씀』, 『맑고 향기롭게』, 『봄 여름 가을 겨울』, 『산에는 꽃이 피네』, 『오두막 편지』, 『일기일회』, 『아름다운 마무리』 등등. 스님의 책은 곁에다만 놓아도 푸근해진다. 마음이 어수선하면 책꽂이에서 스님의 책 한 권을 빼 든다. 그리고 조용히 소리 내어 읽는다. 그러면 나는 어느덧 내 마음의 뒤뜰을 거닐게된다. 1978년 초판본 『서 있는 사람들』 뒤표지에는 흰 고무신을 신고 밀짚모자를 쓴 채 당당하게 걸어가는 스님의 뒷모습이 담긴 흑백사진이 있다. 양팔을 휘저으며 걷는 모습이 정말또렷하고 정정하다.

매섭게 추운 한겨울 밤하늘이다. 무수히 많은 별이 반짝인다. 별은 무척이나 멀리 떨어져 있다. 별과 별 사이의 거리를 광년이라 한다. 빛이 1년 동안 가는 거리라고 한다. 얼마나 먼 거리인지 상상이 되질 않는다. 아득히 멀리 떨어져 있는 별 하나를 바라다본다. "스님, 지금 어디쯤 가고 계세요? 그토록 만나고 싶어 하시던 어린 왕자는 만나셨는지요?"

법정 스님이 사랑한 음악

메마른 겨울 땅에 봄비가 촉촉이 내린다. 대학 본부동 앞에
서 있는 배롱나무가 비에 젖더니 나무줄기는 진한 갈색이 되
어 건강한 생명력을 뿜어댄다. 학교 뒷산 여기저기서 새소리
가 들린다. 박새가 지저귀는 소리가 들리고, 산비둘기가 '구
구' 소리를 낸다. 딱따구리가 나무 등을 경쾌하게 두드리는 소
리도 들리고, 꿩이 소리 내며 빠르게 날아간다. 청설모가 나무
줄기를 타고 바삐 오르내린다. 산은 어느새 연두 빛으로 물들
기 시작했다. 며칠 있으면 체육대회다. 운동 연습하는 학생들
의 목소리가 이곳 외진 연구실까지 들린다. 생명을 가진 모든
것들이 약동하는 봄이다.

법정 스님은 강원도 두메산골 오두막에 살면서 개울물 소리를 비롯해, 바람 소리 새 소리 풀벌레 소리를 즐겼다. 특히 새소리에 깊은 관심을 가졌다. 스님은 새소리는 그냥 자연의 소리가 아니라 자연이 들려주는 아름다운 음악이라고 했다. 밝고 명랑한 꾀꼬리 소리는 귀로 들리고, 한이 밴 것 같은 뻐꾸기 소리는 가슴으로 들린다고 했다. 또한 밤이면 우는 소쩍새 소리는 차디찬 금관 악기 소리로, 멀리서 들리는 뻐꾸기 소리는 아련한 목관 악기 소리에 비유했다. 스님은 가을 달빛에서도 음악을 느꼈다. 고즈넉한 가을 달빛을 바라보면 하프 소리가 들린다고 했다. 이렇듯 스님은 자연의 소리를 좋아했지만 더러는 사람이 만든 음악을 듣고 싶어 했다. 그래서 작은 라디오 하나를 산속으로 가져왔다. 그 라디오에서 흘러나오는 음악으로 산중 생활의 적적함을 달래곤 했다. 스님은 음악을 무척이나 사랑했다. 아니 '사랑했다.'라는 말보다는 '즐겼다.'라는 말이 더 잘 어울릴 것 같다. 조계산 기슭 불일암에서도 그리고 강원도 산골 오두막에서도 라디오에서 흘러나오는 음악을 즐겼다.

스님은 바흐 음악을 좋아했다. 바흐 음악을 들으면 장엄한 낙

조 같은 것을 느낀다고 했다. 스님의 서가에는 몇 권의 동화책이 꽂혀 있었는데, 그중에서 『어린 왕자』는 손때가 묻도록 자주 펼쳐본 책이었다. 『어린 왕자』를 펼치면 바흐의 음악이 들린다고 했다. 또한 하늘에 엷은 구름이 떠다니는 초가을 아침에 바흐의 플루트 소나타를 들으면 그 플루트 노래 가락에 가을 냄새가 배어 있다고 했다. 한 번은 스님이 아침 식사를 하면서 라디오를 틀었는데 마침 바흐의 판타지와 푸가가 흘러나오고 있었다. 그 순간 스위스 취리히에 갔을 때, 샤갈의 마지막 작품이 남아 있는 성모 성당의 파이프 오르간 연주가 기억났다고 했다. 스님이 성당에 들어서니 마침 한쪽에서 파이프 오르간을 조율하고 있었다. 조율이 끝나자 조율사가 음악 한 곡을 들려주었다. 그 곡이 바로 바흐의 음악이었다. 성당에서 듣는 파이프 오르간의 그 장엄한 소리는 영혼의 먼지를 말끔히 씻어 주었다고 했다. 또한 스님이 인도여행 중에 카트만두를 들렀는데, 그곳 서점에 들어섰을 때, 바흐의 브란덴부르크 협주곡이 은은하게 울려 퍼졌다. 그러자 오랜 여행에 지친 스님에게 우수가 물밀 듯 밀려왔다고 했다. 그 드넓은 인도 평원에서의 메마르고 건조해진 감성에 물기가 촉촉이 젖어 들었던 것이다. 바흐의 브란덴부르크 협주곡이 여행에 지칠 대로 지친 스님의 심신을 부드럽게 어루만져 주었던 것이다. 그만큼 스님은 바흐 음악을 무척이나 사랑했다.

또한 스님은 현악기를 즐겨 들었다. 현악기 중에서도 첼로 소리를 좋아했다. 첼로 연주자로는 스페인 출생의 카잘스를 무척이나 좋아했다. 특히 앨버트 E. 칸이 카잘스 이야기를 적어 놓은 책인 『나의 기쁨과 슬픔, 파블로 카잘스』를 읽고는 그의 음악 세계에 깊이 빠져들었다. 스님은 책을 읽으면서 카잘스가 케네디 대통령의 초청으로 백악관에서 연주한 〈새들의 노래〉를 듣고 또 들었다. 〈새들의 노래〉는 카잘스의 고향 카탈루냐의 전래 민요이지만 스페인 망명자들의 한이 깃든 슬픈 노래이기도 하다. 스님은 카잘스가 연주한 바흐의 첼로 조곡도 즐겨 들었다. 한때는 라흐마니노프의 첼로 소나타를 되풀이해서 듣기도 했다. 스님이 불일암에 가면 콘트라베이스 연주자인 게리 카의 음악도 들었다. 스님은 콘트라베이스 음악 소리는 맑은 바람이 안에서 일어나 영혼을 샤워시켜준다고 했다. 콘트라베이스의 굵은 저음은 영혼의 깊은 내면에서 흘러 나오는 소리라고 했다. 또한 스님은 난초 화분에서 꽃이 올라오는 봄에는 베토벤의 〈스프링 소나타〉를 듣는다고 했다. 이

곡은 바이올린과 피아노를 위한 소나타 5번으로 곡 자체가 주는 분위기가 밝고 따뜻한 봄을 연상케 하여 '스프링'이라는 이름이 붙여졌다고 한다. 스님은 이 곡을 창가에서 들으면 봄은 이미 왔다고 생각했다. 그러면서 자연의 계절은 저 멀리서 이렇게 아름답게 오는데 인간의 계절은 어디서 어떻게 오는지 생각에 잠기곤 했다. 이렇듯 스님은 현악기 음악을 즐겨 들었다.

스님은 산중의 겨울나무 중에 가장 정다운 나무로 자작나무를 꼽았다. 자작나무는 아무것도 걸치지 않은 채 알몸으로 자신을 온통 드러내고 있어서 믿음직한 친구를 대하는 것 같다고 했다. 자작나무는 매섭게 추운 지방 시베리아의 대표적인 나무이기도 하다. 영화 〈닥터 지바고〉에서 눈 덮인 벌판에 끊임없이 펼쳐지는 자작나무 숲은 차가우면서도 따뜻한 장면으로 우리에게 다가왔음을 기억한다. 스님은 산중에 들어와서 손수 백 그루의 자작나무를 심었다. 제법 크게 자란 자작나무를 대하면 나무에게서 바로크 음악이 은은히 울려 나오는 것 같다고 했다. 그래서 자작나무 곁을 떠나기가 늘 아쉽다고 말했다. 스님에게 자작나무는 바로 비발디, 헨델, 바흐의 바로크 음악이었다. 스님은 바로크 음악을 꽤나 좋아했다. 바흐의 평균율

클라비아와 골든베르크 변주곡을 즐겨 들었다. 그리고 비발디의 음악을 좋아했는데, 특히 파비오 비온디가 연주한 협주곡을 들으면 감성에 슨 녹이 벗겨져 나가고 속 뜰이 한결 투명해진다고 했다. 또한 비발디의 바이올린 협주곡 6번 〈조화의 영감〉을 들으면 살아있다는 사실에 새삼스레 고마움을 느낀다고 했다. 그럴 정도로 스님은 바로크 음악을 사랑했다.

스님은 부처님의 전기를 번역하면서 지금까지 자신이 받은 공양에 대해서 생각해 보았다. 고맙고 은혜로운 여러 가지 공양을 무척이나 많이 받아 왔지만 그중에서도 선뜻 떠오르는 최대의 공양은 명동 성당에서 받은 음악 공양이었다고 했다. 무척이나 더웠던 여름 한낮, 스님은 점심 식사 후에 성당으로 안내되었다. 구불구불한 층계를 따라 2층으로 올라갔다. 그곳에는 커다란 파이프 오르간이 있었다. 그래서 스님은 지나가는 말로 파이프 오르간 연주를 한 번 들어 봤으면 좋겠다고 안내 수녀님에게 부탁했다. 그래서 텅 빈 성당 안에서 스님만을 위한 파이프 오르간 연주가 시작되었다. 그 웅장한 파이프 오르간 소리를 들은 스님은 온몸에 전율을 느꼈다. 그것은 감동을 넘어선 전율이었고, 사변적인 이론을 떨어 버리고 음향으로 표현한 종교 그것이었다고 말했다. 그때의 음악은 스님 생애에서 두고두고 잊을 수 없는 최대의 공양이 되었다.

스님은 음악에는 강력한 연상 작용이 있다고 했다. 인도여행에서 돌아와 서울 이태원에서 인도 사람이 경영하는 음식점에 들렀을 때, 힌두 음악이 흘러나왔는데 그 음악은 스님을 사람과 릭샤와 오토바이와 소로 혼잡을 이룬 바라나시의 옛 거리로 데려갔고, 갠지스 강가에서 목욕을 하던 시끌벅적하던 풍경과 해 질 녘 아라비아해 연안에서 일몰을 지켜보던 봄베이의 활등 같은 해안선이 밀물처럼 다가왔던 풍경으로 데려갔다. 또한 음악은 그리운 사람의 얼굴을 떠올리게도 한다고 했다. 차이콥스키의 피아노 삼중주를 들으면 서울 봉은사 다래헌 시절, 같은 절에 살면서 강 건너 일을 많이 거들어주던 한 젊은이가 새로운 터전을 찾아 태평양 너머로 떠나던 날이 생각난다고 했다. 그날은 가을비가 촉촉이 내리고 있었는데, 일주문 밖에서 작별을 하고 들어와 하루 종일 차이콥스키의 피아노 트리오 음악을 들으면서 서운한 석별의 정을 달랬다고 했다. 그 후에도 그 음악을 들으면, 가을비 내리던 날 그 젊은이를 떠나보내던 기억이 되살아난다고 했다.

스님이 인도로 여행을 떠날 때 옷가지와 약품 그리고 몇 권의 경전을 넣은 조그만 배낭 하나와 카메라, 안내 책자, 필기도구를 넣은 어깨 가방 하나를 가져갔다. 최대한 간편하게 여행하기 위해서였다. 인도는 스님에겐 불타 석가모니이고, 마하트마 간디이며, 크리슈나무르티였다. 이 세 사람은 스님이 수도자로 걸어갈 수 있도록 지대한 영향을 끼친 정신적 스승들이었다. 스님이 콜카타의 밤 시간에 거리를 나갔다가 우연히 인도의 고전무용 공연이 열린다는 포스터를 보았다. 스님은 인도의 전통 악기인 시타르 음악을 무척이나 좋아했다. 특히 시타르의 독보적 연주자인 라비상카의 연주를 녹음테이프를 통해 늘 즐겨 듣고 있었다. 그 시타르의 연주를 직접 보고 들을 수 있게 된 것이다. 공연장에 들어서자 시타르의 연주에 맞춰 무용수들이 인도 전통춤을 추고 있었다. 스님은 그토록 좋아하는 시타르 연주를 가까이서 듣고는 무척이나 행복했다.

스님은 꼭 클래식 음악이나 종교 음악이 아니더라도 가요를 비롯해서 동요도 즐겼다. 스님이 인도를 여행하면서 떠나온 고국의 산천과 그리운 얼굴들이 떠오를 때면, '인생은 나그넷길 어디서 왔다가 어디로 가는가' 하고 가수 최희준의 〈하숙생〉 노래를 휘파람으로 불렀다. 또한 스님은 내의를 빨면서도 그리고 빨랫줄에 빨래를 널면서도 휘파람으로 '눈이 부시게 푸르른 날은 그리운 사람을 그리워하자'를 부르곤 했다. 그 노래는 서정주 시인의 〈푸르른 날〉을 가수 송창식이 불러 많은 사람들이 애창했던 노래였다. 다래헌 시절, 신문 기자로 일하던 한 여성이 스님을 찾아올 때마다, 임희숙의 〈진정 난 몰랐네〉를 부르곤 했는데, 스님이 빗줄기 속을 운전하며 달리던 차 안에서 우연히 그 노래를 듣자 문득 수십 년 전에 생머리의 짧은 스커트를 입었던 그녀의 얼굴이 떠올랐다고 했다. 불일암 시절, 큰 절에서 수련 중인 여고생들이 올라와 영롱한 목소리로 동요 〈옹달샘〉을 부르고 내려갔다. 그 후로 불일암 대숲과 모란밭 사이를 뛰어다니는 토끼를 보면 그때의 노래가 귀에 들리는 듯하다고 했다. 또한 스님은 자동차로 멀고 지루한 길을 달릴 때는 피아니스트이자 작곡가인 야니가 연주하는 곡을 들었다. 야니의 역동적이면서도 감미로운 가락이 쌓인 피로를 말끔히 씻어 준다고 했다. 손수 운전하는 자동차 속에서도 빠른 속도로 연주하는 야니의 곡을 즐겼던 것이다. 이처럼 스님은 모든 장르의 음악을 좋아했다.

스님 곁에는 늘 세 가지가 있었다. 그것은 차와 책과 음악이었다. 마실 차가 있고, 읽을 책이 있고, 듣고 즐기는 음악이 있음에 늘 고마워했다. 스님은 이 세 가지 이상을 바라지 않았다. 이 세 가지면 살림살이는 넉넉하다고 생각했다. 그 이상은 사치라고 여겼다. 차와 책과 음악은 스님의 삶에 생기를 북돋아 주었고 언제나 스님을 녹슬지 않게 거들어 주었다. 그래서 이 세 가지가 무척이나 고맙다고 했다. 스님은 언젠가 지녔던 모든 것을 놓아 버릴 때가 반드시 온다고 했다. 그때 아까워 망설인다면 그것은 잘못 살아온 것이라 했다. 그러니 때때로 큰마음 먹고 놓아 버리는 연습을 미리부터 익혀 두어야 한다고 했다. 스님이 잃었던 건강을 조금씩 되찾아가고 있을 때, 전에 듣던 음악을 들으니 눈물이 울컥 났다고 했다. 건강을 되찾아 귀에 익은 음악을 다시 들을 수 있고 손수 채소를 가꿀 수 있다는 사실에 고마워하고 또 고마워했다. 그러면서 몸이 건강할 때 매 순간을 잘 살아야겠다는 각오를 새롭게 하곤 했다.

나는 작년 봄에 서울 성북동에 있는 길상사를 찾았다. 법정 스님께 인사드리려고 유해가 모셔져 있는 진영각으로 향했다. 안에는 스님이 늘 가까이 두고 사용했던 유품들이 가지런히 전시되어 있었다. 그런데 한쪽에 손바닥만 한 라디오가 놓여 있었다. 그 라디오가 바로 스님이 곁에 두고 음악을 즐겨 들었던 라디오였다. 그 라디오를 보는 순간, 스님과 똑같이 주파수를 맞추고 클래식 음악방송이 듣고 싶어졌다. 그래서 모델 번호를 메모하고는 집으로 돌아와 인터넷을 뒤졌다. 그러나 너무 오래된 모델이라 구할 수가 없었다. 정말 오랜 시간 동안 그 라디오를 찾고 또 찾다가 드디어 찾았다. 그때의 기쁨은 말할 수 없을 정도로 컸다. 그 라디오는 지금 내 곁에서 늦은 밤이면 클래식 음악을 잔잔히 들려준다. 난 강원도 오두막에서 라디오를 켜고 음악을 즐기는 스님처럼 음악을 즐기고 있다.

하얀 짬뽕

내가 태어난 곳은 서울 영등포이다. 하지만 주로 성장한 곳은 인천이다. 인천에서도 자유공원 남쪽 기슭이다. 부모님이 황해도에서 피난 나와 고향 사람들 곁으로 찾아온 곳이 바로 중국인 마을, 차이나타운과 가장 가까운 동네인 해안동이었다. 그래서 어렸을 때부터 짜장면, 우동, 만두, 찐빵, 공갈빵 등의 중국 음식에 익숙했다. 우리 집 길 건너편에는 왕씨 성을 가진 중국인이 운영하는 '태화관'이 있었다. 벽에는 중화민국 국기와 우리나라 태극기가 나란히 걸려 있었고 그 밑에는 장개석 총통과 박정희 대통령의 사진이 사이좋게 붙어 있었다. 짜장면을 시키면 주인은 주방에다 대고 중국말로 뭐라고 큰 소리를 질렀다. 그러면 잠시 후에 작고 둥근 배식구에서 김이 모락모락 나는 짜장면이 나왔다. 각종 요리들이 줄줄이 나오는 그 작고 둥근 배식구는 어린 눈에는 참으로 신기했다.

초등학교 입학할 무렵, 윗동네에 '진흥각'이란 새로운 중국집이 생겼다. 그러니까 지금부터 55년 전이다. 그 주인 역시 왕씨 성이었는데 새롭게 요릿집을 차린 것이다. 그 중국집에서 사람들은 정말 맛있게 '우동 같은 것'을 먹었다. 그런데 그 음식은 우동하고는 국물 색깔이 달랐다. 그 음식의 이름은 '하얀 짬뽕(炒馬麵)'이었다. 한자어를 풀어보면 초(炒)는 '볶는다.'는 뜻이고 마(馬)는 '각종 재료'를 뜻하므로 결국 각종 재료를 넣고 볶은 면이 하얀 짬뽕인 것이다. 이 하얀 짬뽕이 맛있다고 동네에 소문이 났다. 그래서 그 맛있다는 하얀 짬뽕을 나도 먹어보기로 작정했다. 내가 다니던 고등학교는 자유공원 너머에 있어서 집으로 올 때는 홍예문을 지나 이 중국집 앞길을 거쳐 귀가하곤 했다. 어느 날, 까까머리 소년은 '용기를 내어' 중국집 문을 열고 들어갔다. 용기를 냈다는 말은 당시 모범학생(?)은 교복을 입고 혼자서 중국집에 가질 않았다. 자칫하면 고량주인 '빼갈'을 마시고 담배를 몰래 피우는 불량 학생으로 오해받을 수도 있었기 때문이었다. "여기 하얀 짬뽕 한 그릇 주세요." 이렇게 주문을 했더니 역시 홀에 있던 사람들이 나를 이상한 표정으로 쳐다보았다. 하얀 짬뽕은 배가 불룩하고 길쭉한 그릇에 담겨져 나왔다. 양손으로 그릇을 들고 우선 국물부터 들이마셨다. 그 국물 맛은 참으로 오묘했다. 시원하면서도 부드럽고 깊은 맛이 있었다. 마치 옥황상제가 먹는 음식 같았다. 그 오묘한 국물 맛의 비밀은 조갯살과 닭고기 그리고 다양한 야채를 한데 볶아 우려내는 기술에 있다는 것을 한참 뒤에야 알았다. 바로 그 국물 맛에 중독성이 있었던 것이다.

얼마 전에 인천에 갈 일이 생겨 그 중국집을 찾아갔다. 하얀 짬뽕을 주문하고 메뉴판을 유심히 들여다보았다. 메뉴판에는 '하얀 짬뽕'이란 말이 보이질 않았다. 요리 이름이 메뉴판에 없다는 것이 정말 이상했다. 젊은 주인(아버지가 세상을 떠나고 아들 형제가 이어받아 운영하고 있었음)에게 그 이유를 물었다. "하얀 짬뽕은 별도로 요리해야 해서 시간과 노력이 들며 단골손님들만 드시기 때문에 메뉴판에 표기하지 않았습니다."라며 공손히 대답했다. 사실 하얀 짬뽕은 전통적으로 본토 중국인들이 즐겨 먹던 음식이었다. 우리나라에서 짬뽕이라고 하면 전부 빨간 국물의 짬뽕을 말하지만 오리지널은 하얀 국물의 짬뽕이다.

드디어 하얀 짬뽕이 나왔다. 하얀 짬뽕을 담은 그릇은 무척이나 무거웠다. 그릇은 마치 중국 청나라 시대의 청화 백자처럼 기품이 있었다. 그릇은 중국 남쪽 도예촌에서 제작하여 가져온다고 했다. 그릇 속에선 면이 하얗고 뽀얀 국물을 머금고 몸을 풀고 있었다. 그 위엔 가늘게 썬 돼지 살코기, 통통한 조갯살, 잘게 썬 오징어, 그리고 흰색 양파, 주홍색 당근, 녹색 호박, 하얀 마늘 등이 수북이 쌓였다. 우선 국물부터 들이마셨다. 놀라워라! 고등학교 때 맛보았던 '그 맛'을 아직도 그대로 간직하고 있었다. 눈물이 나올 정도로 반갑고 기뻤다. 그 하얀 짬뽕 맛은 나를 타임머신에 태우고 까까머리 소년 시절로 데려갔다. 펑펑 내리던 함박눈을 맞아가며 율목동 찐빵집을 찾아가던 모습도 보이고, 한여름 땡볕에 월미도 갯벌에서 망둥이를 잡던 모습도 보이고, 곱게 물든 단풍잎의 홍예문을 지나던 모습도 보이고, 동인천역 사거리 별제과점에서 나를 기다리던 소녀의 모습도 보인다. 젊은 날의 추억들이 주마등처럼 지나간다. 마치 영화 '시네마 천국'에서 유명 영화감독이 된 토토가 추억의 흑백 필름들을 보면서 눈물을 흘리며 웃는 모습과 똑같다.

하얀 짬뽕에는 내 젊은 날의 추억들이 온전히 담겨있다. 뽀얀 국물을 들이키며 그 아련한 추억들이 '온 에어' 되어 돌아간다. 불현듯 고교 시절에 불렀던 '은발'이란 노래가 생각난다. "젊은 날의 추억들은 한갓 헛된 꿈이랴 윤기 흐르던 머리 이제 자취 없어라 오 내 사랑하는 님, 내 님 그대 사랑 변찮아 지난날을 더듬어 은발 내게 남으리." 요즘 나는 연어가 된 기분이다. 자꾸 지난날의 추억들이 떠오른다. 연어는 치어 때 자기를 낳아준 고향의 물 냄새를 기억한다. 그러곤 태평양을 건너간다. 그곳에서 큰 물고기가 되면 알을 낳으러 다시 모천을 찾아온다. 나 역시, 그 옛날 하얀 짬뽕 맛을 기억하며 그날 발길을 그 중국집으로 향했던 것이다.

자살

한 정치인이 스스로 목숨을 끊었다. '사람 냄새 훈훈하게 풍기던' 정치인이었다. 그래서 그의 빈소에는 많은 사람들이 찾아와 그의 죽음을 애도했다. 얼마나 정신적으로 견디기 힘들었으면 목숨을 끊었을까? 늘 사회 정의를 외쳤던 정치인이었기에 더욱 안타깝다. 그의 죽음을 보면서 자살을 생각한다. 우리나라에서 한 해 약 1만 3천 명이 자살을 한다. 매일 36명 정도가 스스로 목숨을 끊는 것이다. 우리나라 자살률은 2016년을 기준으로 했을 때, 인구 10만 명당 25.6명으로 유럽연합(EU) 회원국 평균의 2.4배를 넘으며, 자살자 수는 경제협력개발기구(OECD) 국가 중에서 10년 이상 1위를 기록하고 있다. 우리나라는 불명예스럽게도 '자살 1위 국가'이다.

자살하는 이유는 여러 가지다. 프랑스 사회학자 에밀 뒤르켐은 자신의 저서 『자살론』에서 자살을 사회적 현상으로 보았으며, 자살을 몇 가지로 분류했다. 첫째는 '이기적 자살'로 현실과 타협하거나 적응하지 못하여 소외감을 심하게 느낄 때 일어나며, 개인주의 성향이 팽배한 사회에서 자주 발생한다고 했다. 둘째는 '이타적 자살'로 자신이 속한 사회 또는 집단에 지나치게 밀착되었을 때 발생하며, 집단주의적 경향을 강하게 지닌 사회에서 자주 일어난다고 했다. 셋째는 '아노미적 자살'로 지금까지 당연하게 여기던 가치관이나 규범이 극심한 혼란에 빠졌을 때 일어나며, 사회나 가정이 엄청난 변화를 겪으면 발생한다고 했다.

가톨릭 신앙에서 보면 목숨은 하느님이 주신 것이다. 성경에는 사람이 어떻게 이 세상에 태어나게 되었는지 그 과정이 분명하게 기록되어 있다. '그때에 주 하느님께서 흙의 먼지로 사람을 빚으시고, 그 코에 생명의 숨을 불어넣으시니, 사람이 생명체가 되었다.'(창세 2,7) 목숨은 우리 인간이 갖고 싶어서 가진 것도 아니고, 태어나고 싶어서 태어난 것도 아니다. 하느님은 당신의 거룩한 모습대로 사람을 창조했다. 결국 우리가 이 땅에 태어난 것은 하느님의 뜻이 있었기 때문이다. 그러므로 사람은 하느님이 주신 귀한 목숨을 스스로 끊어서는 안 된다. 이는 하느님의 사랑을 배신하는 것이다. 어느 종교에서나 자살은 죄이며, 자살하는 사람은 지옥에 떨어져 벌을 받는다고 가르친다. 이탈리아 로마 바티칸의 시스티나 성당에는 미켈란젤로가 그린 '최후의 심판'이 큰 벽 전체를 차지하고 있다. 그림 한가운데는 심판자인 예수님이 오른손을 들어 사람들을 심판하고 있다. 심판을 받아 승천한 사람들과는 달리 지옥으로 떨어진 사람들의 모습은 말 그대로 아비규환이다. 칼로 살가죽이 벗겨진 채 들려 있는 모습, 날카로운 발톱을 가진 악마가 몸을 휘감고 있는 모습, 커다란 뱀이 독이빨로 살을 물어뜯는 모습 등 마치 불교의 지옥도를 보는 듯하다.

테레사 수녀가 미국을 방문했을 때 일이다. 어느 도시에서 강연을 하고 나오는데 어떤 자매가 수녀를 붙들었다. "수녀님, 저는 지금 자살을 결심하고 있습니다. 도저히 더 이상 살아갈 희망도 용기도 없습니다." 그러자 테레사 수녀는 "자매님에게 한 가지 부탁드리고 싶은 것이 있어요. 내가 있는 인도의 콜카타에서 나와 같이 한 달만 일하고 난 후에 자살하세요."라고

말했다. 그 자매는 부탁을 받아들여 콜카타로 갔다. 그곳에는 오랜 굶주림과 병으로 새까맣게 말라 죽어가는 사람들이 누워 있었다. 그들을 한 달 동안 정성을 다해 보살폈다. 그러다 보니 자신이 얼마나 행복한 삶을 살고 있는지 깨달았다. 이제 자매는 자살할 생각을 거두었다. 캄캄하던 자신의 앞날이 환하게 밝아왔다. 테레사 수녀와 함께 하느님이 주신 귀한 생명들을 보살피는 새로운 삶을 살기로 결심한 것이다.

'자살'이란 말을 거꾸로 뒤집어 보자. 그러면 '살자'가 된다. 자살할 용기가 있으면 살 용기도 있는 것이다. 문득 구상 시인의 '꽃자리'라는 시가 떠오른다. 시인은 우리가 가시방석이라고 여기는 이 고통스러운 자리가 바로 꽃자리라고 노래한다. 이 시를 읽고 다시 살아갈 용기를 내자.

네가 시방 가시방석처럼 여기는
네가 앉은 그 자리가 바로 꽃자리니라

무호여, 영원하라

벌써 삼십 년이란 세월이 흘렀다. 안암의 언덕에서 푸른 제복을 입고 함께 동고동락했던 동기들이 임관 30주년을 기념하기 위해 모교에 모였다. 우리는 80년 2월에 졸업을 하였고, 학군 18기 육군소위로 임관했다. 식장 입구에는 후배들이 정장 차림으로 예도(禮刀)를 들고 도열해 있었다. 그 가운데를 기쁜 마음으로 통과하였다. 식장 전면에는 학교와 학군단 마크가 새겨진 현수막이 걸려 있었다. 푸른색 바탕의 방패 속에 작은 다이아몬드가 누워있다. 이를 보는 순간, 가슴이 '찡'했다. 저 마크를 어깨에 달고 얼마나 교정을 누볐던가.

세월이 많이 흘렀지만 후보생 때 그 목소리, 그 표정, 그 행동은 여전했다. 그 변하지 않은 모습들이 오히려 반갑고 고마웠다.

그 시절로 다시 돌아갈 수 있었기 때문이다. 어떤 친구는 소대장 시절 입었던 군복을 그대로 입고 나와 큰 박수를 받았다. 소대장 정신으로 살아가고 있음을 우리들에게 보여주고 싶었나 보다. 동기들은 대기업 임원, 은행 지점장, 산림 과학자, 방송사 기자, 목사, 스님, 한의사, 대통령 경호원, 중등 교사, 대학교수 등 실로 다양한 분야에서 활동하고 있었다.

귀한 분들을 초청했다. 무호(武虎) 대선배들을 비롯해서 모교 학군단장도 초청했다. '무호'는 고려대 학군장교 출신이란 뜻이다. 우리 18기를 훈련시켰던 두 명의 훈육관과 18기를 무척이나 괴롭혔던 17기 교육참모(S3)도 초청했다. 제일 반가웠던 사람은 훈육관이었다. 우릴 호랑이 장교로 만들기 위해 무척이나 애를 썼다. 훈육관 중에 한 분이 휠체어에 앉아 있었다. 현역으로 근무하다 쓰러져 뇌수술을 받았고, 지금은 전역하여 청주에서 살고 있다. 우리를 만난다는 설레임으로 잠을 이루지 못했고, 훈육관처럼 보이기 위해 머리도 짧게 잘랐다고 하였다. 육체적으론 힘들지만 그 악명 높았던 동북유격장에서 유격 받던 그 정신력으로 버티고 있다고 하였다. 그 말에 우리 모두는 힘찬 기립박수를 보냈다.

육군사관학교를 졸업한 그 훈육관은 나의 모델이었다. 중동부 전선 최전방에서 소대장직을 수행하면서 그분처럼 지휘하려고 애썼다. 부하들을 강하게 훈련시켰고, 따뜻하게 보살폈다. 그래서 소대원들은 진정으로 나를 따랐고 목표는 늘 달성하였다. 사단장과 연대장 표창도 수차례 받았다. 나는 후보생으로 돌아가 훈육관 곁으로 다가갔다. 무릎을 꿇고 "후보생 백형찬입니다!" 했더니 눈물이 그렁그렁하며 손을 잡아주었다.

어느덧 약속된 시간이 흘러갔고, 40주년을 다시 기약해야만 했다. 밖은 이미 깜깜해졌다. 정문으로 걸어 나오면서 후보생 시절 목이 터져라 불렀던 장교단가를 힘차게 외쳤다. "우리는 젊은 사관! 피 끓는 장교단! 저 하늘 푸른 창공을! 날으는 솔개! 세워라 화랑도! 빛나는 전통을! 굳게 받아 새나라 건설에! 용진하자 용진해!"

무호여, 영원하라~

홍원농장 어머니

사랑하옵는 어머니,

어머니께서 하늘나라로 가신지 벌써 한해가 흘러 지나갔습니다. 작년 오늘, 어머니를 모신 경기도 장안면 해창리 홍원농장에는 참으로 많은 비가 쏟아져 내렸습니다. 어머니의 모든 추억이 담겨 있는 농장을 어머니께서 떠나시는 것이 하느님께서 보시기에 안타까워 그렇게 많은 비를 내려 주셨나 봅니다. 저는 어머니를 아버님 곁에 모시고는 쏟아지는 비를 맞아가며 어미를 잃은 슬픈 들짐승처럼 농장 이곳저곳을 헤매며 돌아다녔습니다. 다시는 어머니를 뵐 수도 없고 다시는 어머니의 목소리도 들을 수 없다는 생각에 두 눈에서는 눈물이 하염없이 흘러내렸습니다. 이 글을 쓰면서도 어머니가 마냥 그리워 가슴이 먹먹하며 눈시울이 뜨거워집니다.

明勳獎學會

사랑하옵는 어머니,

그곳 하늘나라에서도 저희를 위해 기도 많이 해주고 계시지요? 어머니께서 저희를 잘 보살펴주시는 덕분에 우리 문숙과학지원재단도 많은 발전을 하고 있습니다. 이사장을 비롯한 많은 임원이 헌신적인 노력을 기울이고 있습니다. 재단 사업도 다변화하여 고려대를 뛰어넘어 글로벌 대학으로까지 확장시키고 있습니다. 중국의 연변대학과의 교류도 더욱 넓혔으며, 특히 세계적 네트워크인 SDSN(지속 가능 발전 해법 네트워크)의 코리아와 학생 연구 지원 사업을 연계시켜 글로벌 리더 인재 육성에 적잖이 기여하고 있습니다. 장학금도 고려대 학생을 비롯해서 국내 유수 대학의 학생들에게도 지급하고 있습니다. 특히 장학생 중에는 어머니의 고향 땅인 북한에서 자유를 찾아 이곳 대한민국으로 온 젊은 친구들이 있습니다. 저 멀리 함경북도 회령시에서 온 친구도 있고, 샛별군에서 온 친구도 있습니다. 이들은 심리학, 경영학, 실용음악 등 다양한 분야에서 열심히 공부하고 있습니다. 이 젊은 친구들에게 문숙과학지원재단이 어떻게 운영되고 있고, 재단의 이전 이름인 명훈장학회는 어떻게 만들어지게 되었는지, 그리고 고려대 농학과를 다녔던 이명훈 군은 누구이며, 어떤 꿈을 품고 살았는지, 소중한 아들을 잃은 어머니는 돌아가실 때까지 어떤 일을 하셨는지 하나하나 소상히 들려주었습니다. 어머니께서 이 자랑스런 장학생들을 보셨다면 한 명씩 끌어 안아주시면서 "그래 열심히 공부해서 이 나라의 훌륭한 일꾼이 되라." 하고 따뜻하게 격려해 주셨을 것입니다.

사랑하옵는 어머니,
요즘 들어 어머니가 더욱 보고 싶습니다. 그리고 어머니의 다정한 눈빛과 목소리가 그립습니다. 또한 어머니의 따뜻한 손도 잡아보고 싶습니다. 어머니의 아들이며 우리의 친구였던 이명훈 군이 저세상으로 떠났을 때, 어머니께서는 아들이 다니던 학교를 혼자서 조용히 찾아오셨지요. 그리고 벤치에 앉아 아들을 하루 종일 그리워하시다가 돌아가시곤 하셨지요. 어머니의 그 모습이 그려집니다. 이젠 저희가 어머니를 그렇게 그리워합니다. 생명과학대학 명훈장학회 강의실에 앉아 어머니를 그리워하고, 문숙의학관 강의실에 앉아 어머니를 그리워합니다.

사랑하옵는 어머니,

정말 보고 싶어요.

3장

─

아, 광화문

가장 존경받는 직업

영국 BBC 방송사가 '가장 존경받는 직업은 무엇일까?'라는 여론조사를 하였다. 그 결과, 영국 국민들은 '의사'를 가장 존경받는 직업 1위로 꼽았다. 대부분의 선진국에서는 의료인이 가장 존경받는 직업인으로 손꼽힌다. 이러한 외국 언론 보도를 접하면서 '우리나라에서 가장 존경받는 직업인은 누구일까?'라는 생각을 해보았다. 우리 청소년들을 대상으로 가장 선호하는 직업을 선택하라고 하면 여지없이 의사를 손꼽는다. 이는 의예과 경쟁률이 무려 80대1까지 치솟은 것만 보아도 알수 있다. '의사'는 우리 청소년들이 가장 열망하는 직업이며 우리 사회에서 가장 인기 있는 직업임에 틀림없다. 그러나 실제로 조사를 해보면 의사가 우리나라에서 가장 존경받는 직업인으로 손꼽힐 것 같지는 않다.

선진국에서 의사가 가장 존경받는 직업이 된 이유는 무엇 때문일까? 그 이유를 의사가 환자를 대하는 태도에서 찾을 수 있다. 선진국에서 한 번이라도 병원 치료 경험이 있는 사람은 기억할 것이다. 그들이 얼마나 환자를 편안하고 따뜻하게 대하는가를. 마치 친근한 홈닥터같이 환자의 육체뿐만 아니라 마음속까지 파고 들어가 깊은 신뢰감을 심어 놓는다. 그렇게 한 후에 치료를 시작한다. 소위 심리학에서 말하는 라포르(rapport)를 형성하여 치료 이전에 환자를 한 인간으로 온통 이해하려고 애쓰는 것이다. 이런 라포르 상태에서 진료를 하니 치료 효과는 좋을 수밖에 없다. 이를 뒷받침해주는 재미있는 실험이 있다. 배가 아파서 뒹구는 환자에게 의사가 병을 확실히 고쳐주겠다는 믿음을 환자에게 심어준 후에 설탕으로 만든 가짜 알약을 주었더니 환자는 그 알약을 먹고 즉시 나았다는 실험이다. 이 실험을 '위약효과'(僞藥效果, placebo effect)라고 한다. 환자와 의사 사이에 라포르가 형성되면 환자의 몸속에 치료물질인 엔도르핀이 생겨나 치료효과를 배가시킨다고 과학자들은 설명한다. 선진국의 의사들은 환자를 그렇게 인간적으로 감동시켜 치료하기 때문에 가장 존경받는 직업인이 될 수 있는 것이다.

우리의 경우는 어떠한가? 내가 사는 동네의 두 의사를 예를 들어 보겠다. 한 사람은 소위 최고 명문대학 의대를 졸업하고 총장이 수여한 학위 증명서를 자랑스럽게 병원 벽에 걸고 의료행위를 한다. 병이 나서 그곳에 가면 의사는 환자와 이야기를 잘 나누려고 하질 않는다. 물어보는 것에 대해서만 아주 간단히 대답할 뿐이다. 병과 관련 있는 원인, 치료내용, 주의사항 등에 대해선 제대로 설명하질 않는다. 그래서 진료는 길어야 1분 안에 끝난다. 무엇을 물어보려고 간호사가 있는 데스크로 가면 그들 역시 텔레비전을 보느라 정신이 없다. 그래서 그 병원에는 언제가도 쉽게 진료를 받을 수 있다. 환자에 대하여 관심을 보이질 않는 병원이다 보니 사람들이 오질 않는다. 이웃의 다른 병원은 정반대이다. 대기실에서 기다리면 진료실 안에서 의사선생님이 'ㅇㅇㅇ님, 들어오세요'라고 따뜻한 목소리로 이름을 부른다. 문을 열고 들어가면 무척이나 반갑게 맞이한다. 그러고는 어디가 아파서 왔는지 매우 걱정스런 표정으로 묻는다. 진료행위도 그렇게 다정하고 정성스러울 수가 없다. 병의 증세, 원인, 치료방법 등에 대해서 의학 책을 펼쳐가며 일일이 설명해준다. 진료 중에 이런저런 얘기를 나누기도 한다. 그 의사 선생님은 대학 시절 연극반에서 활동을 했고, 남산 드라마센터에서도 공연을 몇 편 본 적도 있다고 했다. 예술을 즐기는 의사 선생님이라 더욱 반가웠다. 내 수필집 한 권을 증정했더니 자리에서 벌떡 일어나 받으며 무척이나 고마워했다. 다음 진료 때 갔더니 대기실 책꽂이에 내가 쓴 다른 책들이 꽂혀 있었다. 내 책을 별도로 구입한 것이다. 책을 펼쳐보니 밑줄까지 그어가며 읽은 흔적이 있었다. 이렇듯 환자 한 명 한 명에게 정성을 쏟는다. 환자들과 얘기가 끊이질 않으니 진료시간이 자연히 길어질 수밖에 없다. 그 병원에서는 긴 진료시간에 대해 의사나 환자나 간호사나 개의치 않는다. 그래서 그 병원은 남녀노소 환자가 끊이질 않는다.

우리 동네 의사를 의료행위 태도를 기준 삼아 두 가지로 구분해 볼 수 있다. 전자는 권위주의적 의사이고 후자는 민주주의적 의사라고 할 수 있다. 이제까지 내가 경험한 바로는 환자를 온전한 한 인간으로 이해하려는 민주주의적 의사보다는 환자를 그저 환자로만 대하는 권위주의적 의사가 더 많았다. 어떤 의사들은 환자 모두를 따뜻하게 대할 수 없는 가장 큰 이유를 환자 수 대 의사 수가 선진국에 비해 절대적으로 부족한데서 찾는다. 그럼에도 불구하고 의사는 환자를 따뜻하게 그리고 정성을 다해 보살펴야 할 의무가 있다.

의과대학 학생들은 졸업할 때 소위 '히포크라테스 선서'라는 것을 한다. 그 옛날 히포크라테스가 여러 신들 앞에서 '환자에 대한 의무'를 굳게 선서하였던 것처럼 그 거룩한 행위를 후배 의학도들도 그대로 재현하는 것이다. 그때의 그 감동과 그 결심으로 환자들을 늘 대한다면 의사는 '가장 존경받는 직업인'이 될 수 있을 것이다. 20세기를 대표하는 독일의 저명한 철학자 한스 게오르그 가다머는 현대 의술에 대하여 '환자는 사례로서 다루어질 수 있는 대상이 아니고, 이해의 대상이 되어야 한다.'라고 했다. 가다머의 말대로 우리나라 의사들이 환자를 '의학적 사례'의 대상으로 다루지 않고 '인간적 이해'의 대상으로 돌볼 때에 비로소 영국의 의사처럼 국민들로부터 가장 존경받는 직업인이 될 수 있을 것이다.

동상

며칠 있으면 서리가 내린다는 상강(霜降)이다. 아침저녁으로 바람이 무척 차가워졌다. 강의실에서 만나는 학생들은 이미 두꺼운 옷을 걸쳤고 어떤 학생은 목도리까지 했다. 그렇게 푸르던 캠퍼스도 이제는 단풍으로 붉게 물들었다. 어제는 아침 산책을 하다가 노랗게 익은 모과 열매를 주웠다. 기쁘고 행복했다. 오늘은 강의실로 올라가다가 설립자 동상 옆에서 이야기 꽃을 피우고 있는 학생들의 모습을 보았다. 얼마나 정겹던지.

몇 년 전에 유럽을 여행할 기회가 있었다. 여러 나라를 다니면서 동상을 유심히 살펴보았다. 역사의 현장에 서 있는 듯한 느낌을 받을 정도로 감동적이었다. 살아있는 듯한 생생한 표정, 섬세한 조각 그리고 동상 옆면과 뒷면에 새겨진 글과 그림이 예술적이며 또한 교육적이었다. 특히 프랑스 파리 한복판에 서 있는 잔 다르크 동상, 베르사유 궁전 앞에 서 있는 루이 14세 동상, 이탈리아 로마 베네치아 광장 앞에 서 있는 임마누엘 2세 동상, 피렌체 시뇨리아 광장에 서 있는 메디치 1세 동상, 영국의 국회의사당 광장에 서 있는 처칠 동상은 꽤나 감동적이었다. 유럽 문화 선진국들은 아주 오래전부터 동상을 세웠다. 그들에게 동상은 국민을 교육시키고 자긍심을 심어주는 한 권의 '교과서'인 셈이다. 실례로 프랑스의 잔 다르크 동상 앞은 매년 전국에서 올라온 수많은 청소년들이 잔 다르크의 나라 사랑 정신을 되새기며 국토 순례 대행진을 시작하는 곳이다.

우리나라 동상문화는 어떠한가? 우선 서울 광화문 앞에 우뚝 서 있는 이순신 장군 동상을 보자. 우리나라의 대표적인 동상이다. 예전에는 수많은 차가 다니는 도로 한복판에 서 있었다. 위엄만 있지 친근하지 못했다. 지방 각 도시에 있는 동상들도 이와 크게 다르지 않다. 외국 관광객들이 세종문화회관 근처에 오면 세종대왕의 모습을 찾는다. 그러나 세종대왕의 모습은 그 어디에도 없었다. 세종대왕은 역사와 상관없는 저 멀리

덕수궁 안에 있었다. 그러다가 비로소 세종대왕 동상을 광화문에 세웠다. 을지로를 걸어가 보아도 을지문덕 장군의 모습은 보이지 않는다. 퇴계로도 마찬가지이다. 퇴계 이황 선생이 그 어디에도 보이질 않는다. 문화선진국은 동상을 역사와 지명과 함께 일치시킨다. 그런데 우리는 그렇지 못하다.

한때는 전국 초등학교 교정에 갖가지 조각상이 즐비하게 세워진 적이 있었다. 공산당이 싫다고 죽어간 이승복 어린이상, 숱하게 손상당했던 단군상, 만세를 부르는 유관순 열사상. 태극기를 들고 앞으로 전진하는 안중근 의사상, 갑옷을 입고 칼을 차고 서 있는 이순신 장군상. 그리고 책 읽는 소녀상이다. 얼마 전 관악산을 산책하다가 들른 과천의 한 초등학교 교정에서도 이런 조각상들이 그대로 남아 있었다. 동상인지 조각인지 구조물인지 미적인 요소도 없고 설명도 모호하고 오직 이념적으로만 서 있는 동상들이다. 바로 이것이 우리의 동상문화 현주소라 할 수 있다.

지방의 한 국립대학 교정에 어떤 할머니의 동상이 세워졌다. 일생동안 모은 전 재산을 대학에 기꺼이 내놓은 '김밥 할머니'

의 동상이다. 대학 측에서는 요즘 젊은이들이 세상을 어떻게 살아가야 하는지 가르쳐 주기 위하여 동상을 세웠다고 한다. 포항공과대학교 교정에는 빈 동상이 하나 있다. 이 대학 출신 자 중 노벨상을 최초로 받는 사람을 그 자리에 앉히려고 세운 빈 동상이다. 학생들은 동상의 주인공이 되려고 밤낮 없이 열심히 공부하고 있다. 이렇듯 동상은 우리 젊은이들이 남을 돕는 바른 삶을 살아가도록 하기 위해 세우기도 하고 큰 꿈을 꾸며 살도록 하기 위해 세우기도 한다. 동상은 대개 국가와 민족에게 큰일을 한 사람, 숭고한 뜻으로 학교나 기업을 설립한 사람, 자신의 소중한 삶을 온전히 희생한 사람, 뛰어난 재능으로 놀라운 업적을 이룩한 사람 등 이런 사람들을 기억하기 위해 세운다. 동상이 갖고 있는 가치는 참으로 크다. 그래서 동상을 제대로만 세운다면 그 효과는 엄청나다.

이제 우리도 문화선진국처럼 시민들이 즐겨 찾는 공원이나 너른 광장에 동상을 세우면 어떨까? 시청 앞 광장 푸른 잔디 위에, 한강을 가로지르는 다리 곳곳에, 전국의 시민공원 안에. 그리고 우리의 역사책 속에서만 기록되어 있는 위대한 인물들을 철저한 고증을 거쳐 책 밖으로 모셔내면 어떨까? 고구려의

왕산악과 을지문덕, 신라의 솔거와 우륵, 백제의 왕인과 담징, 통일신라의 최치원과 장보고, 고려의 서희와 윤관, 조선의 이천과 장영실 등 이런 분들을 우리 후손들이 직접 눈으로 볼 수 있도록 하자. 꼭 역사 속의 인물이 아니어도 좋다. 이야기 속의 주인공도 좋다. 마치 오스카 와일드의 소설 속에 등장하는 「행복한 왕자」동상 이야기처럼 우리들의 마음을 늘 따뜻하게 열어줄 동화나 전설 속의 주인공도 좋다.

그리스와 로마가 세계사 속에서 주인공으로 우뚝 설 수 있었던 것은 국민들을 역사 속의 주인공으로 만들어주는 동상문화가 있었기 때문이다. 플라톤은 "일생동안 국가와 민족을 위하여 공적을 많이 쌓아 올린 사람에게는 살아 있을 때 그 동상을 세워주어야 한다."라고 역설했다. 그 철학자의 뜻을 국가가 그대로 받아들인 것이다. 우리도 이 땅의 어린이와 젊은이들을 역사 속의 주인공으로 만들어 줄 동상문화운동을 전개하면 어떨까?

아, 광화문

"광화문은 차라리 한 채의 소슬한 종교, 조선 사람은 흔히 그 머리로부터 왼 몸에 사무쳐 오는 빛을 마침내 버선코에서까지도 떠받들어야 할 마련이지만, 왼 하늘에 넘쳐흐르는 푸른 광명을 광화문 저 같이 의젓이 그 날갯죽지 위에 싣고 있는 자도 드물다." 미당 서정주 시인의 「광화문」에 나오는 시구다. 이렇듯 광화문은 종교로까지 승화시켜 예찬하였다.

광화문은 조선 역사의 표상이며, 민족자존심의 거침없는 표현이었다. 그런 광화문이 오랜 기간에 걸친 복원 공사를 끝내고 있다. 이번 복원은 일제가 훼손한 광화문을 원래의 자리에 위치시키는 데에 의미가 있다. 그래서 북쪽으로 11.2m, 동쪽으로 13.5m 옮겨 자리를 찾았고, 3.75도 틀어졌던 방향도 경복궁

중심축에 맞춰 이젠 관악산을 똑바로 바라 볼 수 있게 되었다. 뒤틀렸던 역사가 바로 잡히게 된 것이다.

광화문은 원래 연말까지 복원할 예정이었다. 그러나 11월에 열리는 G20 정상회담을 위해 9월 말까지로 공사 기간을 단축했고 다시 8·15 광복절 행사를 위해 또다시 두 달을 앞당겼다. 결국 복원 공사 기간을 다섯 달씩이나 단축시킨 것이다. 일반 건축물의 경우, 공사 기간을 앞당기는 일은 흔하다. 그러나 광화문은 일반 건축물이 아니고 국가의 상징성을 보여주는 중요 문화재이다. 이러한 국가 문화재를 외국 정상들에게 서둘러 보여주겠다며 완공을 앞당긴 것이나 광복절에 맞춰 국민들에게 먼저 보여주겠다며 완공을 더욱 서두르는 것은 분명 잘못된 일이다. 이렇게 졸속으로 문화재를 복원해서야 어떻게 우리나라가 문화선진국이 될 수 있는가. 정치인들의 인기영합주의와 공무원들의 업적주의가 이 나라 문화예술을 망치고 있다.

일본인 철학자 야나기 무네요시(柳宗悦, 1889–1961)는 일제가 파괴하려한 광화문을 「아, 광화문」이란 글로 막아낸 사람이다. "정치는 예술에 대해 무분별해서는 안 된다. 예술에 침해하는

따위의 힘을 삼가라. 도리어 예술을 옹호하는 것이 위대한 정치가 할 바 아닌가."라고 한 그의 말을 이 시대 정치인과 공무원들은 귀담아들어야 한다.

스페인의 바르셀로나에 있는 성가족 성당(Sagrada Familia)은 1882년에 공사를 시작하였는데 지금까지도 공사가 계속되는 것으로 유명하다. 천재 건축가로 불리는 안토니오 가우디의 영감이 깃든 건축물로 세계적인 명성을 얻었으나, 그가 사망한 이후 아직까지도 완공되지 않은 상태로 남아있다. 완공되려면 앞으로 100년은 더 걸릴 것이라 한다. 소위 문화선진국들은 문화재 복원을 서두르질 않는다. 원래의 모습대로 복원하려면 오랜 시간을 갖고 철저한 역사적 고증과 과학적 검증을 거쳐야 한다는 것을 알고 있기 때문이다. 국민들도 완공을 재촉하질 않는다. 우리에게도 후세에 길이 남을 건축물을 오랜 시간 동안 짓고 있는 곳이 있다. 바로 천주교 발상지에 건립하고 있는 천진암 백년 성당이다. 이 성당은 1997년에 공사를 시작해 한국천주교회 창립 300주년인 2079년에 완공될 예정이다. 백 년 동안 성당을 짓는 것이다. 우리에게도 그러한 정신이 뿌리를 내리고 있는 마당에 정해진 공기도 채우지 않으려는 광화문 복원공사는 역사와 문화를 무시한 행정으로 마땅히 비판받아야 한다.

법정 스님은 불국사가 복원되었을 때 그곳을 가서 본 느낌을 『무소유』에 다음과 같이 적었다. "불국사는 허전하고 안타까운 신라 천년의 잔영을 한아름 지닌 가람이다. … 그러나 이제 그런 기억들은 온전히 과거 완료형. 현란한 단청빛이 1973년에 직립해 있는 오늘의 우리를 의식케 한다. … 그렇다. 우리가 못내 안타깝고 서운해하는 것은 이제껏 길들여진 그 불국사가 사라져 버린 일이다. … 복원된 불국사에서는 그윽한 풍경 소리 대신 씩씩하고 우렁찬 새마을 행진곡이 울려 퍼지는 것 같았다."

에티켓

한 유명 연예인이 자살하게 된 직접적인 원인이 인터넷의 악플에 있다고 하여 정치권에서는 '사이버 모독죄'를 도입해야 하느니 마느니 하며 논란이 거듭된 적이 있었다. 우리 청소년들은 온라인뿐만 아니라 오프라인에서도 에티켓을 잘 지키질 않는다. 이는 정말 심각할 정도이다.

지하철을 타고 가다 보면 젊은 남녀가 러브신을 찍듯 갖은 자세를 취하고 있는 모습을 종종 본다. 다른 승객들이 눈살을 찌푸려도 전혀 아랑곳하지 않는다. 결국 쳐다보는 사람이 낯이 뜨거워져 얼굴을 돌리고 만다. 이는 백화점 에스컬레이터 계단에서도 마찬가지이다. 영화관에서도 에티켓이 실종된 지 오래이다. 좌석이 넓고 편한데도 굳이 앞 사람의 머리 뒤까지 바짝 발을 올려놓는 것이다. 이런 무례가 어디 있는가. 영화가 시작되었는데도 머리를 꼿꼿하게 들고 떠들면서 다닌다. 예전에는 늦게 들어 온 사람은 자연 고개를 숙여 화면에 방해가 안 되게 조심스럽게 다녔다. 공연장에서도 이런 일은 다반사로 일어난다. 특히 소리에 민감한 음악회에서 더욱 그러하다. 나만 좋으면 된다는 식의 이기주의가 청소년들에게 만연해 있다. 더 심각한 문제는 이를 바로 잡아주려는 어른들이 없다는 데 있다. 현장에서 잘못된 행동을 본 어른들이 많은데 정작 이를 고치려 드는 어른들은 없다. 혹시 봉변을 당할까봐 선뜻 나서지 않기 때문이다. 어른들이 겁을 내면 청소년들의 잘못된 행동은 고쳐지질 않는다.

학교에서도 에티켓은 저 멀리 있다. 내가 사는 곳은 신도시이다. 초등학교를 비롯해서 중학교, 고등학교가 한데 모여 있어 등교 시간에는 늘 학생들로 북적인다. 많은 학생이 집에서부터 슬리퍼를 질질 끌고 와서는 그대로 교실로 들어간다. 분명 슬리퍼는 교실에서만 신도록 되어 있는데, 길바닥의 온갖 더러운 오물을 잔뜩 묻히고는 교실로 들어가는 것이다. 교실 속에서 하루 종일 생활하는 학우들의 건강에는 전혀 관심이 없다.

그런데 더 큰 문제는 교문에서 이를 지도하는 교사 모습을 찾아볼 수 없다는데 있다. 교사들이 에티켓 교육을 포기하고 있다. 학생들의 잘못된 행동을 바로 잡아주는 것은 교육자의 가장 기본적인 책무이다. 이를 포기하면 교육자라 할 수 없다.

국어사전에서 '예절'이란 단어를 찾아보면 '남과의 관계에서 지켜야 하는 존경심의 표현과 삼가야 하는 말과 몸가짐'이라 설명하고 있다. 인간사회에서 에티켓이 필요한 까닭은 '人間'이란 한자어가 품고 있는 뜻 그대로 사람들 사이에 사람이 존재하고 있기 때문이다. 그래서 아리스토텔레스가 '인간은 사회적 동물이다.'라고 하지 않았던가. 공자 역시 사람은 홀로 살아갈 수 없는 존재라고 보았다. 그래서 사람 간에 지켜야 할 예(禮)를 무척 중시했다. 예를 소중히 지키고 가꾸어 나가지 않으면 인간은 짐승이 된다고 말했다. "사람으로서 사람답지 못하다면 예(禮)는 무슨 소용이 있으며, 또한 악(樂)은 어디다 쓸 것인가"(人而不仁, 如禮何 人而不仁, 如樂何)

문득 이솝 우화가 생각난다. 여우가 두루미를 식사에 초대했다. 여우가 내온 음식은 '납작한 접시'에 담겨져 있어서 두루미는 먹을 수가 없었다. 두루미는 여우가 맛있게 먹는 모습만 구경할 수밖에 없었다. 이젠 두루미가 여우를 식사에 초대했다. 두루미가 내온 음식은 '기다란 호리병'에 담겨져 있어서 여우는 먹을 수가 없었다. 여우는 두루미가 맛있게 먹는 모습만 구경할 수밖에 없었다. 서로가 예의도 없고 골탕만 먹이는 '못된' 이야기이다

선진국은 국민들이 돈만 많이 갖고 있다고 해서 되는 것은 결코 아니다. 중동 산유국들이 석유로 많은 돈을 벌어서 1인당 국민소득이 10만 달러를 육박한다고 해서 그 나라를 선진국이라고 부르진 않는다. 진정한 선진국이 되려면 경제적인 부와 함께 국민들의 문화 수준도 높아져야 한다. 문화 수준을 대표하는 것이 바로 에티켓이다. 온라인뿐만 아니라 오프라인에서도 에티켓은 살아 있어야 한다. 사회의 어른들과 학교의 교사, 그리고 가정의 부모들이 용기 있게 나서서 이를 교육적으로 지켜내야 한다. 그 길이 선진국으로 가는 지름길이다.

갈매기의 꿈

청소년 시절, 리처드 바크가 지은『갈매기의 꿈』이란 책을 읽었다. 책을 펼치자마자 하늘 높이 나는 갈매기의 흑백사진에 흠뻑 빠져들었다. 마치 내가 갈매기가 되어 하늘을 나는 환상에 젖었다. "대부분의 갈매기들은 비상(飛翔)의 가장 단순한 사실, 곧 먹이를 찾아 해변으로부터 떠났다가 다시 돌아오는 방법 이상의 것을 배우는 것에는 신경 쓰지 않았다. 그들이 중요하게 생각하는 것은 나는 것이 아니라 먹는 것이었다." 이 말은 감수성이 예민했던 시절에 삶을 어떻게 살아가야 할 것인지 크게 깨우쳐 주었다.『갈매기의 꿈』은 먹는 것보다는 나는 것을 더 소중히 여기며, 낮게 날기보다는 높게 날아 먼 곳을 보라는 소중한 가르침을 주었다.

책 읽기 교육으로 자식들을 훌륭히 키운 어머니 이야기가 있다. 여섯 남매를 모두 하버드대와 예일대에 보내고 미국 주류사회의 엘리트로 키운 전혜성 박사의 비결은 바로 책 읽기 교육에 있다. 아이들을 키울 때 언제 어디서든 책을 읽을 수 있도록 거실은 물론 아이들 방과 지하실 등에 책과 함께 책상 18개를 배치했다고 한다. 책이 있다고 해서 당장 다 읽는 것은 아니지만 언젠가는 보게 된다는 믿음으로 책 읽기 환경을 꾸며주었고 그것이 그대로 적중하여 교육적 효과를 본 것이다. 또한 쓰는 책마다 베스트셀러가 되는 이어령 교수의 소질도 어린 시절에 어머니의 책 읽기 교육에서부터 시작되었다. 어머니는 전혀 글자를 모르는 어린아이에게 책을 읽어주었다. 아이가 잠들기 전에 늘 머리맡에서 앉아 책을 소리 내어 읽어주었다. 특히 아이가 감기에 걸려 온몸에 열이 높아지는 때에는 『암굴왕』, 『무쇠탈』, 『흑두건』같이 재밌는 소설책을 읽어 주었다. "어머니의 목소리가 담긴 그 책 한 권이 나를 따라 다닌다. 그 환상적인 책은 60년 동안 수천수만 권의 책이 되었다."라고 이 교수는 고백한다.

글로벌 리더들은 책 읽기를 무척 즐긴다. 리더는 책을 통해서

아이디어를 얻고, 인생을 읽는다. 책을 읽어서 이해하고 다시 읽어서 자신의 것으로 만드는 것이 지식습득의 올바른 방법이다. 리더들은 이 단순하고 위대한 진리를 따라 매일 책을 읽었다. 나폴레옹은 전쟁터에서도 말 위에 앉아 책을 읽었다. 나폴레옹이 사람들에게 전쟁광이 아닌 영웅으로 남을 수 있었던 까닭은, 괴테와 베토벤까지 감동시킬 정도로 뛰어난 학식과 교양이 있었기 때문이다. 이는 책 읽기 습관에서 나왔다. 또한 토플러가 위대한 미래학자가 될 수 있었던 것도 책 읽기 습관 때문이었다. 토플러가 혼자 있을 때 가장 즐기는 것이 책읽기이다. 그는 책벌레라고 할 정도로 항상 책을 읽는다. 면도할 때도 옆에 책을 둔다. 이처럼 토플러가 책을 좋아하는 이유는 "다른 사람이 자신의 모든 것을 다 바쳐 연구한 것을 짧은 시간 안에 내 것으로 만들 수 있기 때문이다."라고 말한다. 토플러가 우리나라 청소년들을 대상으로 한 강연에서 "미래는 예측(predict)하는 것이 아니라 상상(imaging)하는 것이다. 미래에 대해 상상하기 위해서는 독서가 가장 중요하다. 미래를 지배하는 힘은 읽고, 생각하고, 커뮤니케이션하는 능력이다."라고 말했다.

'출판올림픽'으로 불리는 국제출판협회(IPA) 총회가 서울에서 열렸다. 세계 60개국 출판인 700여 명이 한자리에 모여 '책의 길, 공존의 길'이란 주제로 심포지엄을 벌였다. 대통령이 참석하여 축사를 하였고, 노벨문학상 수상자인 '오르한 파묵'이 기조연설을 했다. 책의 가치는 디지털시대에 더욱 커질 것이라고 입을 모았다. 국제출판올림픽을 계기로 우리 청소년들이 책 읽기의 즐거움을 담뿍 느꼈으면 하는 바람이다. 청소년들의 책 읽기에 우리나라의 미래가 달려 있다.

궁시장의 탄식

서울 고궁박물관에서 열린 무형문화재 세미나에 참석했다. 발표자와 토론자, 진행요원을 제외하면 참석자는 손가락으로 셀 정도로 적었다. 다행히 교육 관련 학회 회원들이 와서 최소한의 격식은 차릴 수 있었다. 볼 수 있으리라 기대했던 인간문화재 모습들은 볼 수가 없었다. 언론사에서도 선혀 참석하질 않았다. 이런 썰렁한 모습을 보면서 무형문화재에 대한 사회적 관심이 이렇게 '차갑다'는 것을 뼈저리게 느꼈다.

우리나라 무형문화재인 '제주해녀문화', '줄다리기', '농악', '김장문화' 등이 유네스코 세계무형문화유산에 등재되었다. 이로써 우리나라는 종묘제례를 비롯한 스무 개 가까운 세계무형문화유산을 보유하게 되었다. 우리의 무형문화재가 이렇게 세계적으로 인정받고 있음에도 불구하고 국내에선 이를 이어받을 후계자가 없어 명맥이 끊길 위기에 처해 있다. 국가 지정 중요무형문화재 중 다수가 보유자가 없거나 전수 받을 사람이 없다. 보유자가 아예 없는 종목도 꽤 된다. 특히 몇 개의 종목은 보유자와 전수자가 전혀 없어 맥이 끊겼다. 또한 인간문화재 후보로 불리는 전수교육조교가 없는 종목도 있으며 문하생인 이수자, 전수장학생이 극소수인 종목도 있다.

"수백 년을 이어온 줄타기를 후손들에게 더 이상 보여 줄 수 없을 것 같다는 생각에 잠을 이룰 수 없습니다." "무형문화의 맥이 끊긴다는 것은 민족의 혼이 사라지는 것과 한가지입니다." "무형문화 없이 유형문화는 존재하지 않습니다. 그런데 정부는 유형문화에만 돈을 쏟아붓지 무형문화는 늘 찬밥신세입니다." 중요무형문화재 보유자들이 언론과의 인터뷰에서 밝힌 한탄과 울분의 말들이다.

무형문화재 전수가 이 지경이 된 데에는 정부뿐만 아니라 사회도 한몫을 하였다. 정부가 사회적으로 펼친 '1문화재 1지킴이' 운동에서 여실히 드러났다. 이 운동에는 스무 개 가까운 기업이 참여했는데 대부분의 기업이 유형문화재 보존 운동에만 몰두했다. '청소년 문화재 지킴이' 운동도 마찬가지이다. 국보나 보물, 사적 문화재 등의 유형문화재에만 초점이 맞춰져 있다. 사회는 '보이는 것'에만 관심을 갖지 '보이지 않는 것'엔 관심이 없다.

내가 근무하는 대학에서는 운동장 한편에다가 전통 그네와 줄타기 기구, 국궁 과녁판을 설치했다. 학교 창학이념인 우리 민족의 예술혼과 전통을 이어받아 새로운 예술을 창조하자는 취지에서 설치한 것이다. 전통그네는 한국민속문화원의 주관하에 십 미터가 넘는 소나무 원목 열두 그루를 들여와 세워졌고, 줄타기 줄은 줄타기 보존회의 주관하에, 그리고 국궁 과녁은 국궁 전문가 책임 아래 각각 설치되었다. 학생들의 반응은 의외로 뜨거웠다. 가을 축제부터 전통놀이 기구를 활용하여 한마당 신명놀이를 벌였다. '우리 것'에 대한 소중함을 교육하려는 학교목표와 학생들의 신명이 함께 잘 맞아떨어졌다.

무형문화재를 올바르게 전수하는 것은 우리에게 맡겨진 시대적 소명이다. 이를 위해 정부와 대학 간의 교육협력체제를 구축해야 한다. 전수교육에 들어가는 비용을 정부가 지원하고 대학은 정규 및 비정규 교육프로그램 속에서 전수교육을 실시한다. 그리고 전국에 산재해 있는 무형문화재 전수교육관과 지역 대학이 공동으로 전수교육프로그램을 운영하는 것이다. 이와 함께 복잡한 인정체계(전수장학생→ 이수자→ 전수교육조교 → 보유자)도 단순화해야 한다. 전수장학생으로 입문한 뒤 40년이 지나야 보유자인 인간문화재를 바라볼 수 있다. 적어도 30년이면 인간문화재가 될 수 있도록 인정체계를 단순화하고 소요기간도 최소화해야 한다. 인정체계 기간이 길수록 그 분야에 남아있을 확률은 극히 적어진다.

그날 세미나가 끝나고 참석자들이 함께 저녁 식사를 했다. 나는 중요무형문화재 47호인 궁시장(弓矢匠) 한 분과 같은 자리에 앉았다. 전통적인 기법으로 4대째 화살을 만드는 일을 하고 있는데 자식을 비롯해 그 누구도 이 일을 배우려 하질 않는다고 탄식했다. 그래서 대기업에 잘 다니고 있는 아들을 주말마다 강제로 불러 화살 만드는 법을 가르치고 있다고 했다. 그날 궁시장의 괴로운 표정에서 우리나라 무형문화재가 처한 절박한 운명을 읽을 수 있었다.

아미 & 아트

우리 대학이 향토사단과 협약을 맺기 위해 군부대를 방문했다. 앞에는 커다란 호수가 펼쳐져 있고 뒤엔 우람한 산이 솟아 있는 곳에 자리한 부대는 장병들의 함성 소리로 가득 찼다. 부대 안쪽에는 하늘 높이 치솟은 적송(赤松)이 군락을 이루고 있어 부대의 위용을 한껏 들이냈다. 부대상 접견실에는 정조 대왕 화성능행도가 병풍처럼 걸려 있고, 만찬장에는 수백 년 된 소나무가 웅장한 모습으로 그려져 있었다. 이 모든 것에서 '우리의 얼'을 지키려는 군(軍)의 고귀한 정신을 읽을 수 있었다.

몇 달 전에 부대의 사단장은 우리 대학에서 안보 강연을 했다. 당시 북한의 미사일 발사 여부를 둘러싸고 국가 안보가 크게 위협받는 상황이었다. 학생들의 자발적 참여로 강연 장소는 순식간에 가득 찼다. 군악대 공연에 이어진 부대장 강연은 문화예술을 곁들여 스마트하게 진행돼 학생들로부터 깊은 공감과 함께 큰 박수를 받았다. 이러한 인연이 계기가 되어 학생 대표와 직원들 그리고 대학본부 보직자와 교수들이 부대를 방문하게 된 것이다. 우리 대학은 개교 51주년을 맞았고 부대도 51사단이라 '51'이란 숫자가 주는 '운명적인 계시'도 한몫했다. 방문단은 상황실에서 경기 서남부 지역을 물샐 틈 없이 방어하고 있는 부대 현황을 들었다. 브리핑 후 사격장으로 향했다. 그곳에서 신형 군복과 방탄복을 입고, 처음으로 권총 사격을 하였다. 총알은 정확히 표적지를 맞췄다. 헌병대 특수 요원들이 건물 속 인질을 신속하게 구출하는 시범도 보았다. 연병장에는 각종 군용장비를 전시하고 있었는데 대부분이 국산이었다. 우리 젊은이들이 우리 손으로 만든 장비로 우리 땅을 철통과 같이 지키고 있는 모습을 보고 군에 대한 신뢰감이 깊어졌다.

이어 우리 대학과 향토사단은 문화예술교류를 위한 학군(學軍) 협정을 체결했다. 교류에 대한 각종 약속이 오고 갔다. 연기과 교수는 부대창설일에 봉산탈춤팀을 인솔해 축하 공연을 해주기로 했고, 연극과 교수는 기말작품 발표 공연에 장병들과 가

151

족들을 초청하기로 했다. 한국음악과 교수는 대학 동아리 및 군부대 동아리 간의 교류를 추진키로 했고, 미학 전공 교수는 문화예술 교양특강을 하기로 했다. 나는 군인가족들을 위한 자녀교육 강의를 약속했다. 또한 총학생회장은 가을에 있을 대학 축제에 부대 코너를 별도로 만들어 학생들과 장병들이 함께 '신나게' 어울릴 것을 제안했다. 이에 대해 군은 학생과 교직원을 부대로 초청하여 새롭게 발전한 병영문화를 생생히 체험토록 할 것과 대학에서 요청하는 사항은 적극적으로 지원할 것을 약속했다.

대학과 군은 활발히 교류해야 한다. 군에는 나라를 지키는 젊은이가 65만 명이 있고, 대학에는 공부하는 젊은이가 335만 명이 있다. 군은 문화예술을 가장 '목말라' 하는 곳으로 사회에서 문화예술을 향유하다가 입대한 젊은이들이 대부분이다. 그들이 문화예술을 계속 즐길 수 있도록 해 주어야 한다. 다행히 대부분의 대학들은 문화예술 관련 학과를 운영하고 있다. 지역 대학과 지역 군부대가 협정을 맺어 문화예술교육과 병영문화체험을 교류한다면 양 집단의 발전은 물론 지역사회 발전에도 크게 기여할 것이다.

정부가 내세운 '문화융성의 시대'를 가장 빠르게 앞당기려면 군에서부터 문화예술교육을 활성화해야 한다. 군에서의 문화예술교육은 문화 국민이 되기 위한 '밑거름 교육'이라 할 수 있다. 교육부와 국방부 그리고 문화부는 대학과 군이 문화예술교류를 적극적으로 펼칠 수 있도록 정책적으로 지원해야 한다. 동양철학을 전공한 부총장이 만찬장에서 건배 제의를 하며 한 말이 생각난다. "군을 Army라 하고, 예술을 Art라고 합니다. 왜 모두 A로 시작할까요? 군과 예술은 뿌리가 같기 때문입니다."

지금 이 순간

눈물이 난다. 저녁 TV 뉴스를 보면서 자꾸 눈물이 흐른다. 비참한 사고현장에서 유가족들의 울부짖는 모습을 볼 때마다, 속속 밝혀지는 안타까운 사연들을 읽을 때마다 또다시 눈물이 흐른다. 얼마나 많은 생명들이 고통스럽게 이 세상을 떠나갔던가. 얼마나 많은 사람들이 사랑하는 가족에게 말 한마디 남기지 못하고 죽어갔던가. "지하철에서 불이 났어요. 문이 열리지 않아요."라고 엄마를 애타게 부르며 죽어가던 여고생의 목소리, "지하철에서 불이 났어요. 빨리 와주세요."라며 119를 애타게 찾으며 죽어가던 여인의 목소리, "엄마 숨을 못 쉬겠어. 엄마. 나 지금 죽을 것 같아."라며 엄마를 애타게 찾으며 죽어간 어느 여학생의 목소리는 지금도 내 귓가에 애절하게 들려온다.

우리들의 죽음은 이렇게 갑자기 예고 없이 찾아오는 것임을 새삼 깨닫는다. 얼마 전에 또 다른 죽음이 있었다. 미 우주왕복선 컬럼비아호 승무원들이 지구로 귀환하는 도중 기체결함으로 저 푸른 하늘에서 하얀 연기로 산화했다. 특히 그 죽음 중에는 가슴 아픈 죽음이 있는데 여덟 살 된 아들을 둔 로렐 클라크라는 한 여성 과학자의 사연이다. 로렐은 폭발 사고로 숨지기 전날에 저 멀리 우주에서 가족에게 마지막 편지를 보냈다. 그녀가 보낸 한 통의 이메일은 이 지구가 얼마나 아름다운 별인지 그리고 이 별에서 숨을 쉬며 살아간다는 것이 얼마나 놀랍고 경이로운 일인지 깨우쳐 주고 있다. 편지 내용은 이렇다.

민을 수 없을 만큼 놀라운 광경을 보았다. 태평양 상공 위에 번개가 퍼져나가는 모습, 호주 쪽에서 보이는 오로라 모습, 지구의 가장자리에 뜬 초승달, 아프리카의 광대한 평원과 남미 최남단 케이프 혼의 모래 언덕들, 북미에서 시작돼 중미와 남미까지 이어지는 끝없는 생명의 줄, 후지산은 여기서는 작은 돌기처럼 보이나, 매우 뚜렷하다. 비행 첫날 마술같이 미시간 호수 위를 날았고, 위스콘신 주의 윈드 포인트를 뚜렷이 보았다. 그러나 그 이후로 보지 못했다. 궤도가 매번 조금씩 다르기 때문에 우리는 지구의 다른 지역 위를 날아간다. 많은 시간을 일하기 때문에 지구를 자주 보지는 못하나 밖을 볼 때마다 지구는 참으로 장엄하다는 것을 느낀다. 별들도 제각기 밝기를 갖고 있다. 나는 내 '친구'인 오리온자리를 몇 번 보았다. 나를 도와준 많은 사람들에게 감사한 마음을 전한다. 우리가 지구 상공 위를 날고 있을 때 지구 전체에 내리 쏘이고 있는 양(陽)에너지를 느끼듯이 그 에너지를 지구에 사는 사람들도 함께 느끼기 바란다. 모두에게 사랑을.

이렇게 아름다운 한 장의 편지를 우리에게 남기고 그녀는 저 세상으로 떠나갔다. 자, 이제 살아있는 우리들은 남아있는 나날들을 어떠한 마음가짐으로 살아가야 할 것인가? 사실 오늘은 어제의 오늘이 아니다. 어제 그토록 하루라도 더 살기를 원하며 죽어간 많은 사람들이 살고 싶어 했던 날이 바로 오늘이다. 금아 피천득 선생님은 「이 순간」이라는 한 편의 시를 통해 살아 있는 이 순간이 얼마나 아름다운 사실인지를 깨닫게 해준다.

이 순간 내가

별들을 쳐다본다는 것은

그 얼마나 화려한 사실인가

오래지 않아

내 귀가 흙이 된다 하더라도

이 순간 내가

제 9교향곡을 듣는다는 것은

그 얼마나 찬란한 사실인가

그들이 나를 잊고

내 기억 속에서

그들이 없어진다 하더라도

이 순간 내가

친구들과 웃고 이야기한다는 것은

그 얼마나 즐거운 사실인가

두뇌가 기능을 멈추고

내 손이 썩어 가는 때가 오더라도

이 순간 내가

마음 내키는 대로 글을 쓰고 있다는 것은

허무도 어찌하지 못한 사실이다

지금 나는 결심한다. 살아있는 '이 순간'을 참으로 열심히 살아갈 것과 기쁘게 살아갈 것, 그리고 뜨겁게 사랑하며 살아갈 것을 다짐한다. 그리고 죽음이 나를 찾아온 어느 날, 시인 천상병처럼 다음과 같이 노래할 것이다. '아름다운 이 세상에서 소풍을 끝내고 저 하늘로 돌아가는 날, 가서, 아름다웠노라고 말하리라.' 삼가 대구지하철 방화참사로 죽어 간 많은 영혼들의 명복을 빈다.

하이데스 후예

어떤 심리학자가 어린이를 대상으로 이런 실험을 했다. 어린이들에게 텔레비전으로 한 아이가 풍선인형을 발로 차고 손으로 때리는 공격적인 장면을 여러 번 보여주었다. 그런 후에 어린이들을 세 개 그룹으로 나누었다. 첫째 그룹 어린이들에게는 풍선인형을 차고 때렸던 그 아이가 그 공격적인 행동으로 상을 받는 장면을 보여주었다. 둘째 그룹 어린이들에게는 그 아이가 아무런 상도 벌도 받지 않는 장면을 보여 주었다. 셋째 그룹 어린이들에게는 그 아이가 공격적인 행동으로 벌 받는 장면을 보여 주었다. 이제 심리학자는 그 어린이들이 자기네들 방에서 어떻게 노는지 관찰했다.

첫째 그룹 어린이들과 둘째 그룹 어린이들은 실제로 그 아이처럼 때리고 발로 차며 매우 높은 수준의 공격 행동을 보였다. 그런데 공격 행동으로 벌을 받는 장면을 본 셋째 그룹 어린이들은 어떤 행동을 했을까? 공격 행동을 전혀 하질 않았을까? 아니면 오히려 더욱 심한 공격적 행동을 했을까? 뜻밖에도 실험결과는 그 어린이들이 첫째와 둘째 그룹 어린이들과 같은 수준의 공격 행동을 했다는 것이다. 공격 행동으로 벌을 받는 장면을 목격했음에도 불구하고 상황이 주어지자 스스로가 공격 행동을 한 것이다. 이 실험은 시사하는 바가 매우 크다. '어린이들은 보면 배운다.'는 사실을 심각하게 깨우쳐 준다. 영화 속의 주인공이나 텔레비전 드라마 속의 주인공 또는 뉴스 속의 인물들, 만화. 애니메이션 속의 주인공들의 언행이 어린이들에게 얼마나 큰 영향을 주는지 매우 명확하게 보여준 실험이다.

수업 중인 고등학교 교실에서 교사와 다른 친구들이 지켜보는 가운데 한 학생이 친구를 흉기로 찔러 살해한 끔찍한 사건이 일어난 적이 있다. 그 학생은 경찰조사에서 죽은 친구가 자기를 너무 괴롭혀 왔고, 늘 폭행을 당해 복수를 준비해 오며 영화 〈친구〉를 마흔 번 넘게 보면서 살해할 용기를 얻었다고 진술했다. 그 학생은 반장도 했으며 친구도 많았다고 한다. 이 사건은 위의 심리학자 실험이 현실에서 그대로 적중하고 있음을 무섭도록 증명해 준 것이다.

이 땅에 사는 우리 청소년들은 온갖 영상매체 속에서 갖은 공격적인 행동이 자행되어도 상도 벌도 주지도 받지도 않는 모습을 늘 보아 왔다. 우리 청소년들은 공격 행동에 너무나 심하게 노출되어 있다. 공격 행동에 대한 노출은 유아기는 물론 청소년기 그리고 그 이후의 발달에도 그대로 영향을 미친다. 영상매체 속의 온갖 폭력장면은 청소년들로 하여금 새로운 형태의 공격 장면을 학습토록 할 뿐만 아니라, 평소에 억제해 왔던 공격성에 대한 '금지해제'가 일어나서 더욱 쉽게 공격 행동을 하도록 만든다. 우리 사회 청소년들에 대한 공격적 행동은 그치질 않고 계속되고 있다. 지나치게 폭력적인 영화, 드라마가 연속적으로 돌아가고 있다. 감수성이 예민하고 모든 것을 학습할 준비가 되어 있는 청소년들에게 그 폭력 장면들은 그들의 장기기억 속으로 깊이 들어갔다가 적당한 상황이 갖추어지면 밖으로 나와 친구를 죽인 그 학생처럼 된다. 폭력은 철저하게 학습된다. 특히 청소년에게 폭력은 더욱 짙게 학습된다.

우리 사회는 폭력에 지나치게 노출되어 있다. 누군가가 제어를 해야 하는데 폭력을 곁들인 코믹하고 황당한 스토리 때문에 다들 그냥 웃어넘기고 있다. 폭력은 죽음을 부르는 '죽음의 잔치'이다. 우리 사회가 이제부터라도 청소년들을 보호하기 위해서는 이 어둡고 차가운 죽음의 잔치와 결판을 내야 한다. 그 싸움에서 이기지 못하면 우리 청소년들은 그리스 신화에 나오는 죽은 자들의 신인 '하이데스' 앞으로 불려가게 된다. 하이데스가 사는 곳은 아득히 멀다. 돌멩이를 던지면 낮과 밤을 일곱 번이나 번갈아 가며 떨어지는 그렇게 먼 곳이다. 살아서는 만날 수 없고, 죽어서나 만날 수 있는 곳이다. 이 땅에서 죽음의 잔치를 하고 있는 자들이 바로 하이데스의 후예이다. 이제 부모, 교사, 매스미디어, 정치지도사들은 다 함께 하이데스의 후예가 벌이는 죽음의 잔치를 끝내야 하고 대지의 여신인 데메테르가 찬란한 생명의 꽃을 피울 수 있도록 그 바탕을 만들어 주어야 한다.

마지막 날처럼

암을 비롯한 각종 질병으로 죽는 사람이 매년 24만5천 명이나 된다. 이 중에는 1만 명이 넘는 자살자도 포함되어 있다. 그리고 해마다 발생하는 암 환자 13만 명, 치매 환자 40만 명, 중풍 환자 60만 명과 그 가족들까지 합치면 무려 600만 명이 늘 죽음을 생각하며 살아가고 있다. 죽음을 두려워하는 사람이 어찌 이뿐이겠는가. 고시원에서 함께 생활하던 사람이 휘두른 칼에 찔려 죽기도 하고, 지하철에서 정신이상자에 의해 등이 떠밀려 달리는 열차에 치여 목숨을 잃기도 한다. 우리는 매일매일 언제 어떻게 죽을지 모르는 불안한 삶 속에서 살아가고 있다.

이렇듯 죽음을 가깝게 대하며 살고 있는데도 우리나라는 죽음준비교육이 전무한 실정이다. 가정에서도 학교에서도 거의 이루어지지 않고 있다. 의과대학을 비롯한 간호대학 정규 교육과정에서조차 죽음준비교육은 들어가 있지 않다. 단지 사회교육 차원에서 일부 종교단체가 임종을 앞둔 사람을 대상으로 실시하는 '호스피스 교육'과 죽음에 대해 묵상할 수 있는 '죽음 체험 하루 피정' 정도가 고작이다. 나는 죽음에 관한 명언들을 수년간 모았다. 그것들을 엮어 『죽음을 읽다』라는 책을 만들었다. 정성을 한없이 들인 책이었다. 주변 사람들에게 그 책을 기쁜 마음으로 나누어주었다. 그런데 책을 받아든 사람들은 한결같이 '왜 이런 책을 나에게 주는가?'라는 표정이었다. 아직도 죽음은 다른 사람의 이야기이다.

'내일을 향해 쏴라' '스팅' 등의 영화로 유명한 미국 명배우 폴 뉴먼이 암으로 세상을 떠났다. 뉴먼은 영화뿐만 아니라 영화 밖에서도 성공적인 삶을 살았다. '뉴먼즈 오운'이라는 식품회사를 설립하여 많은 돈을 벌었고, 수익금 2억 달러를 자선사업에 썼다. 그래서 미국인들은 그를 '훌륭한 연예인'이라 칭송한다. 우리나라 연예인 중에도 죽는 날까지 보람 있게 살다 간 사람이 있다. 폐암으로 세상을 떠난 코미디언 이주일 씨이다.

그는 죽기 전까지 금연운동을 벌였다. "담배 맛있습니까? 그거 독약입니다."라는 말을 남겨 적지 않은 사람이 담배를 끊었다. 그런데 몇몇 연예인이 스스로 목숨을 끊어 사회에 적지 않은 파장을 일으켰다. 그들이 죽음준비교육을 받았더라면 그렇게 가볍게 자신의 생명을 끊지는 않았을 것이다.

선진국에서는 평생 죽음준비교육을 한다. 미국에서는 청소년들에게 호스피스 병동에서 봉사를 하게 한다. 이는 죽음의 여러 모습을 보며, 품위 있는 죽음을 맞이할 각오를 하라는 것이다. 대학에서도 꽤 오래전부터 죽음 과목을 개설하였고, 죽음 관련 학회도 수없이 많다. 우리나라도 몇 년 전에 죽음학회를 설립했는데 사람들은 아직도 '죽음(竹音)을 연구하는 학회냐?'고 묻는다고 한다. 이런 수준이다. 일본에서 4월 15일은 '유언의 날'이다. 변호사연합회가 주관하여 '유언' 캠페인을 벌인다. 전국을 돌며 유언에 대한 강연을 하며, 유언장 작성을 도와주고, 상속에 대한 법률적 상담도 해준다. 존엄사협회에서는 '리빙 윌(생전유언) 남기기' 캠페인을 벌인다.(최철주, 『해피 엔딩』) 지식인 그룹이 국민들에게 죽음준비교육을 하는 것이다.

죽음준비교육은 평생교육 차원에서 접근해야 한다. 가정과 학교, 그리고 사회에서는 유아기, 청년기, 장년기, 노년기의 특징을 잘 살펴 프로그램을 적용해야 한다. 유아기는 반려동물의 죽음으로 일종의 '상실감'을 처음으로 체험하는 시기이다. 청년기는 대학입시 실패, 취업 실패, 실연 등으로 '작은 죽음'을 체험한다. 이럴 때 죽음의 의미와 죽음을 슬기롭게 극복하는 방법을 가르쳐야 한다. 장년기는 부모나 친척, 직장 동료 등의 죽음을 자주 보게 되고, 이혼, 경제적 파탄, 해고 등의 위기로 죽음을 '가깝게' 느낀다. 노년기는 질병과 배우자의 죽음, 경제적 빈곤 등으로 죽음을 '피부로' 느낀다. 그래서 죽음준비교육이 필요한 것이다.

혼자서도 죽음준비교육을 할 수 있다. 우선 장기기증을 약속하는 것이다. 뇌사 시 장기와 각막을 기증하기로 사회와 약속하고, 장기기증등록증을 늘 휴대하고 다닌다. 그리고 종교단체에서 주관하는 죽음가상체험프로그램에 참여한다. 자신의 영정 사진이 걸린 방에 들어가 관 속에서 죽음을 체험하는 것이다. 비록 간단한 죽음 체험이지만 인생관이 순식간에 바뀔 수 있다.

"죽음을 생각하는 것이 바로 모든 두려움에서 벗어나는 최고의 길이다. 하루하루를 인생의 마지막 날처럼 열심히 살아라." 애플 컴퓨터의 창업자이며, 췌장암 환자였던 고(故) 스티브 잡스가 스탠퍼드 대학 졸업식에서 졸업생들의 앞날을 축복하며 남긴 말이다.

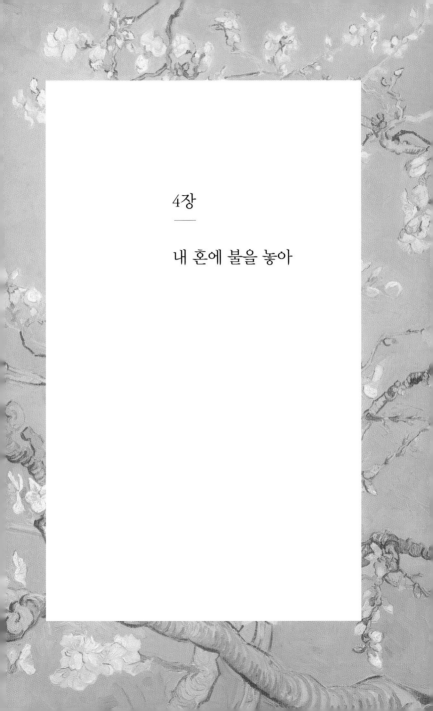

4장

내 혼에 불을 놓아

미션

나는 신앙심이 약해지면 '미션'이란 영화를 본다. 높은 폭포 위에서 한 신부가 십자가에 거꾸로 매달린 채 떨어지는 포스터로도 유명한 영화이다. 그 장면은 영화가 우리에게 어떤 메시지를 전하려는지 상징적으로 보여준다. 가장 감동적인 장면은 앞부분이다. 원주민들이 신부의 머리 위에 가시관을 씌우고 십자가에 결박한 채 거세게 흐르는 강으로 끌고 간다. 십자가는 강을 따라 천천히 흐르다가 점점 속도가 빨라지며 아득한 폭포 밑으로 떨어진다. 신부의 순교는 다른 신부의 순교로 이어진다. 가브리엘 신부가 그 뒤를 따른다. 신부는 절벽을 오르기 전에 십자가 목걸이를 앞에 놓고 기도한다. 나뭇가지를 꺾어 돌 위에 십자가를 세운다. 십자가에 입 맞추고는 작은 뗏목에 올라타 세차게 흐르는 물살을 거슬러 절벽 폭포 밑으로 들어간다. 수단(가톨릭 사제의 신분을 표시하는 의복)을 입은 등엔 오보에 악기가 매어져 있다. 엄청나게 쏟아지는 폭포 물줄기를 맞아가며 험악한 절벽을 맨손으로 올라간다. 카메라는 어마어마하게 큰 폭포 물줄기와 까마득한 절벽을 오르는 신부를 멀리서 잡는다. 그러면서 그 유명한 〈가브리엘의 오보에〉 음악이 흐른다.

이 영화는 '나에게 주어진 미션은 무엇인가?'를 생각하게 만든다. 미션은 하느님께서 나에게 주신 사명이다. 그것은 직업이 될 수도 있고 이 사회가 내게 맡긴 책무일 수도 있고, 교회가 내게 맡긴 직분일 수도 있다. 교육자로서 학생들을 얼마나 정성을 다해 가르치는지 생각해 본다. 내가 몸담고 있는 학교는 예술가를 꿈꾸는 학생들이 들어오는 예술대학이다. 나는 예술가가 지녀야 할 미션을 그들 가슴에 심어주기 위해 '예술과 빵'이라는 강좌를 개설했다. 수업 첫 시간에 법정 스님이 애송하던 구절을 들려준다. "소리에 놀라지 않는 사자처럼, 그물에 걸리지 않는 바람처럼, 진흙에 더럽혀지지 않는 연꽃처럼, 무소의 뿔처럼 혼자서 가라." 그러고는 '거룩한 부르심'(聖召, holy calling)에 대해 설명한다. "'여러분이 '예술가가 되겠다.'고

한것이 아니라 하느님께서 여러분에게 '예술가가 되라.'고 부르신것이다."라고 말한다. 그러면 학생들은 숙연해지면서 자신에게 주어진 사명을 곰곰이 생각한다.

이러한 거룩한 부르심은 간호대학 졸업식과 의과대학 졸업식에서도 찾아볼 수 있다. 간호대학에서는 강당의 모든 불이 꺼지면 맨 뒤에서 졸업생들이 한 사람씩 촛불을 들고 입장한다. 연단 가까이 와서는 나이팅게일 선서를 한다. "나는 일생을 의롭게 살며, 전문 간호직에 최선을 다할 것을 하느님과 여러분 앞에 선서합니다." 그러면 학장은 졸업생 한 명 한 명에게 흰 캡을 씌워준다. 의과대학도 마찬가지이다. 졸업생들은 흰 가운을 입은 채 학장 앞에서 히포크라테스 선서를 한다. "이제 의업에 종사할 허락을 받았으므로 나의 생애를 인류 봉사에 바칠 것을 엄숙히 서약합니다." 이런 거룩한 의식을 통해 미션을 상기시키는 것이다. 우리 가톨릭교회에서도 이러한 거룩한 의식을 사제 서품식에서 본다. 주교가 서품 대상자를 호명하면 큰 소리로 "예, 여기 있습니다."(탈출 3,4) 하고 씩씩하게 대답하고는 앞으로 나간다. 그 장면을 볼 때마다 가슴이 '찡'하다. 나도 하느님의 부르심에 저렇게 크고 또렷하게 응답하며

175

살아가고 있는지 반성한다.

싱그러운 유월, 예수성심성월이다. 이 좋은 계절에 하느님께서 나에게 주신 미션을 얼마나 잘 수행하고 있는지 묵상해보면 어떨까?

흙에서 왔으니

어린 시절, 인천 자유공원에는 사람의 얼굴과 손금을 종이에 그려놓고 관상을 보는 사람이 많았다. 붓으로 검게 그린 얼굴과 손금은 마치 죽은 사람처럼 무서웠다. 어느 날, 소년은 용기를 내어 관상 노인 앞에 쪼그리고 앉았다. 그러곤 손금을 봐달라고 했다. 노인은 돋보기를 꺼내 들고 손바닥을 한참 들여다보았다. 그러고는 "넌 쉰 살을 넘기기가 힘들다. 손금이 중간에 토막 났어." 집으로 돌아온 나는 필통에서 연필 깎는 칼을 꺼내 끊어진 손금을 팠다. 손바닥에선 피가 흘러내렸다. 어린 시절 죽음은 그렇게 나를 찾아왔다.

사순시기의 첫날은 '재의 수요일'이다. 이날, 신부는 성당에서 신자들 머리에 재를 얹으며 죽음을 기억하도록 다음과 같은 말을 한다. "사람아, 흙에서 왔으니, 흙으로 다시 돌아갈 것을 생각하여라."(창세 3,19) 나는 이 말이 너무 좋다. 그래서 매년 재의 수요일 미사에 참례하여 머리에 재를 얹으며 죽음을 생각한다. 어린 시절 쉰 살을 넘기기 힘들다는 관상쟁이의 말을 상기하면서 이렇게 '오래' 살고 있음에 하느님께 감사드리며 머리에 재를 얹는다.

세계적인 문학상을 받은 문예창작과 교수가 언젠가 나의 연구실을 찾아왔다. 책꽂이에 있는 책들을 살펴보고는 "죽음에 관한 책들이 많네요. 이런 책들을 읽게 된 사연이 있으신가요?" 하고 물었다. 당시 나는 죽음에 관한 책을 쓰고 있었다. 책을 쓰게 된 이유는 예술가를 꿈꾸는 학생들에게 '삶과 죽음'이라는 새로운 강좌를 개설하여 그들에게 삶의 소중함을 깨닫게 해주고 싶었고, 학생들이 죽음에서 예술 창작의 새로운 모티브를 찾을 수 있도록 해주기 위해서였다. 죽음은 수많은 예술가에게 중요한 소재가 되었다. 문학, 영화, 음악, 연극, 드라마, 뮤지컬 등 모든 장르의 예술에서 죽음을 소재로 하지 않은 작품은 없다.

세상을 살다간, 또한 살고 있는 많은 사람들이 죽음에 대해 말한다. 그들은 소크라테스나 플라톤과 같은 서양 철학자도 있고, 노자나 장자 같은 동양 철학자도 있다. 또한 신부, 스님, 목사, 시인, 소설가, 수도자, 의사, 학자, 인디언 등 갖가지 인물들이 등장하여 죽음에 대해 자신의 말을 들려준다. 봄바람처럼 부드럽게 살랑이는 글, 여름 소낙비처럼 쏟아져 내리는 글, 가을 하늘처럼 맑디맑은 글, 짙은 회색빛 겨울 하늘같이 차가운 글도 있다. 또한 플루트처럼 감미로운 글도 있고, 죽비로 내려치는 강한 글도 있다.

죽음이라는 무거운 책을 쓰면서 내가 찍은 사진들을 곁들였다. 밝고 아름다운 사진은 글과 함께 씨줄 날줄로 엮어지며 죽음을 더욱 가깝게 만나게 해줄 것이라 믿었기 때문이다. 삶과 죽음은 동전의 양면과 같다. 삶이 없으면 죽음이 무의미하고, 죽음이 없으면 삶 역시 무의미하다. 삶과 죽음은 한 형제처럼 나란히 함께 다닌다. 사람은 누구나 죽음을 떠올리기 싫어한다. 허나 죽음을 이해하게 되면 삶은 한층 넓고 깊어진다. 죽음을 공부하면 더욱 행복한 삶을 살 수 있다. 이것이 내가 죽음을 공부하면서 얻은 결론이다.

그리스 비극 시인 소포클레스가 쓴 시 한 구절을 읽으면서 죽음을 묵상해보면 어떨까? "내가 헛되이 보낸 오늘은 어제 죽은 이들이 그토록 바라던 내일이다."

길상사 성모님

오랫동안 가보고 싶었던 서울 성북구 성북동 길상사를 찾았다. 신록의 계절이라 경내는 싱싱한 잎들로 녹색 천국을 이루고 있었다. 길상사를 꼭 가보려 했던 이유는 세 가지이다. 하나는 법정 스님의 흔적을 찾기 위해서였고, 또 하나는 시인 백석이 무척이나 사랑했던 여인 자야의 얼굴을 보려 함이었고, 마지막 하나는 길상사 성모님을 만나기 위해서였다.

법정 스님의 흔적은 진영(眞影)과 유품이 전시된 진영각과 그 일대에서 찾을 수 있었다. 특히 전남 송광사 불일암 시절 그 유명했던 '파피용 의자'에 스님처럼 앉아볼 수 있어서 좋았다. 자야의 얼굴은 공덕비가 있는 사당 내 초상화에서 볼 수 있었다. 오랜 세월을 살아온 얼굴이지만 젊은 시절 백석이 사랑했던 그 예쁜 모습은 그대로 남아 있었다. 원래 길상사가 있던 자리는 요정 대원각이었는데, 주인인 자야(김영한)가 법정 스님이 쓴 『무소유』를 읽고 크게 감명받아 스님께 시주하여 절이 창건된 것이다.

길상사는 절이기에 성모님이 계실 이유가 없다. 그런데 '길상사 성모님'이라고 한 것은 성모님을 똑 닮은 관음상이 있기 때문이다. 관음상 머리에서 보관(寶冠)만 내리면 영락없는 성모님이다. 관음상을 성모님 모습으로 조각한 데에는 특별한 스토리가 있다.

관음상을 만든 사람은 성모상 조각으로 유명한 서울대 최종태 교수이다. 관음상은 법정 스님과 최 교수와의 아름다운 인연에서 시작되었다. 스님은 불교와 가톨릭의 친교를 위해 성모님을 닮은 관음상을 최 교수에게 부탁했다. 스님의 부탁을 받은 최 교수는 무척 기뻐했으나 한편으론 불안했다. 그래서 김수환 추기경에게 "관음상을 만들면 가톨릭에서 파문당합니까?"라고 물었다. 그랬더니 "아무 걱정하지 마세요. 일본 천주교 신자들도 에도 막부의 박해를 피해 나가사키에서 관음상을

앞에 놓고 기도했습니다."라고 얘기해 주었다. 이 말에 힘입어 단번에 조각한 것이다.

성모님과 부처님은 몇 가지 면에서 비슷하다고 생각한다. 첫 번째 비슷한 점은 닥쳐올 '고난'을 받아들인 것이다. 성모님은 아기 예수님을 성전에 봉헌할 때 시메온으로부터 "당신의 영혼이 칼에 꿰찔리는 가운데, 많은 사람의 마음속 생각이 드러날 것입니다."라는 말을 들었다. 예수님 때문에 고난받을 것을 예언한 것이었고 성모님은 그 고난을 그대로 받아들였다. 부처님도 인도 카필라의 왕자로 귀하게 태어났는데 왕궁 밖에서 생로병사를 목격하고는 깊은 고뇌에 빠졌다. 그 고뇌하는 모습이 바로 국립중앙박물관에 있는 금동반가사유상이다. 싯다르타 태자는 왕궁을 나와 출가해 고난의 길을 걸었다.

두 번째 비슷한 점은 '자비의 손'이다. 성모상의 손은 우리를 따뜻하게 받아주는 모습을 하고 있다. 대부분의 부처상도 손바닥을 펴고 있다. 대표적인 것이 미소 짓고 있는 서산 마애삼존불이다. 이는 중생의 고통을 손으로 쓰다듬어 주는 자비를 상징한다.

세 번째 비슷한 점은 '승천'이다. 전승에 의하면 성모님께서 돌아가시자 예수님은 성모님을 하늘나라로 들어 올려서 천상의 모후관을 씌워주었다고 한다. 그리하여 성모님은 천상의 어머니가 되었다. 부처님도 천수가 다하자 사라수 숲에서 모든 깨달음의 극치인 열반에 들었고 극락세계로 갔다. 그래서 두 분 머리 위에 후광이 밝게 빛나고 있는 것이다.

길상사가 있는 성북동은 가톨릭 시설들이 많아 '한국의 바티칸'으로도 불린다. 녹음이 짙어가는 이 계절에 성북동 나들이를 하며 길상사에서 성모님을 만나 뵈면 어떨까?

산티아고

내 연구실 한쪽 벽에는 유화 한 점이 걸려 있다. 그림 속 하늘에서는 흰 구름이 두둥실 떠간다. 저 멀리 푸른 산은 어머니 품속처럼 푸근하다. 길은 부드러운 곡선을 그리며 산기슭을 따라 돈다. 길을 걷는 사람은 아무도 없고, 향기로운 바람만 불어온다. 진홍색 양귀비꽃이 지천으로 피어 있다.

이 그림이 내게 오게 된 데에는 특별한 사연이 있다. 후원하고 있는 가톨릭 수원교구에서 운영하는 한 복지시설에서 매월 소식지를 보내왔다. 어느 날, 봉투를 뜯었더니 소식지 표지에 아름다운 풍경 그림이 담겨 있었다. 직감적으로 산티아고임을 알 수 있었다. 역시 그림 제목은 '산티아고 가는 길'이었다. 그림을 가만히 바라보니 마음이 평화로워진다. '저 그림을 내 연구실에 걸어놓고 매일 보면 얼마나 좋을까?'라는 생각이 들었다. 그림 밑에는 작은 글씨로 '이 그림을 판매합니다. 판매 수익은 장애인 작업장을 위해 사용합니다.'라고 적혀 있었다. 어떤 착한 신자가 자신의 작품을 기꺼이 내놓은 것이다. 작가의 경력을 보니 화려했고, 작품값이 꽤 나갈 것 같았다. 나는 그림을 오려서 책상 앞에 붙여놓았다.

시간이 꽤 흘렀다. 어느 날, 책상 앞에 붙여놓은 그림을 보다가 갑자기 갖고 싶다는 생각이 들었다. 그래서 복지시설로 전화를 걸었다. 조심스럽게 "산티아고 그림 팔렸나요?"라고 물었더니 아직 팔리지 않았다고 했다. 다시 작은 목소리로 "작품의 가격은 얼마인가요?" 물었다. 그랬더니 그림값은 생각 이상으로 꽤 높았다. 나 같은 월급쟁이가 소장하기에는 어림도 없었다.

꼭 갖고 싶은 마음에 용기를 내어 작가와 통화를 했다. 전화로 많은 이야기가 오고 갔다. 그림은 산티아고를 순례하며 그린 것이고 얼마 전에 전시회도 열었다고 했다. 그림을 갖고 싶다고 '애절하게' 말했다. 그랬더니 놀랍게도 내가 원하는 액수에

기꺼이 맞춰주겠다고 했다. 얼마나 기뻤는지 모른다. "고맙습니다."라는 말을 연거푸 했다.

작품이 오기를 무척이나 기다렸다. 성탄절 다음 날이었다. 드디어 큼지막한 소포가 집에 도착했다. 포장 박스를 열어보니 표지의 그림이 '방긋' 웃고 있었다. 녹색으로 가득 찬 아름다운 그림이었다. 그림에서 풍기는 테라핀 기름 냄새도 너무 좋았다. 그림은 마치 하느님께서 성탄절에 내게 보내주신 특별한 선물 같았다.

산티아고는 가톨릭 신자들의 버킷 리스트에 들어 있다. 나 역시 761㎞의 산티아고 순례를 늘 생각하고 있다. 그림을 받은 후로 산티아고에 대한 생각이 더욱 깊어졌다. 어느 신부님 말대로 '성지순례는 가슴이 떨릴 때 가야지 다리가 떨릴 때 가서는 안 된다.'는 말도 잘 명심하고 있다. 내 책꽂이에는 코엘료의『순례자』를 비롯해서 산티아고 순례 경험을 담은 책들이 꽂혀 있다.

'피레네산맥, 생장, 레온, 콤포스텔라, 부엔까미노, 올라, 알베르게' 이런 말만 들어도 가슴이 설렌다. 산티아고를 다녀온 사람만 만나도 심장이 뛴다. 요즘에는 가리비 조개만 보아도 산티아고 생각이 난다. 마치 정철의 '관동별곡'처럼 '강호(江湖)에 병이 깊어 죽림(竹林)에 누웠더니' 같다. "이 길은 나를 무너뜨리는 동시에 일으켜 세운다." 영화 '나의 산티아고'에 나오는 말이다. 이 멋진 말을 체험하기 위해서라도 산티아고에 가야겠다. 그림 속의 양귀비가 어서 오라고 손짓한다.

두 손으로 성체를

얼마 전에 교구 한 단체에서 주관한 신앙대회에 참가했다. 3천 명 가까운 신자들이 체육관을 가득 채웠다. 대회 주제는 "주님 안에 굳건히 서 있으십시오!"(필립 4,1)였다. 성가대 합창 소리와 바이올린, 신시사이저, 기타 소리가 크고 장엄하게 울려 퍼졌다.

신앙 체험을 발표하는 시간이었다. 한 자매가 부축을 받으며 단상 위로 올라왔다. 자매는 연구소에서 근무하는데 사무실이 수도권으로 이전하는 바람에 일이 무척 많았다. 더구나 성탄절 즈음에 연구소 심포지엄이 있어 바쁜 나날을 보내고 있었다.

당시 자매는 한 단체에서 봉사하고 있었다. 그날도 봉사하러 교구청으로 가다가 갑자기 팔과 다리에 힘이 없어지면서 주저 앉았다. 사람들이 부축했고 구급차가 달려왔다. 응급실에 도착했다. "주님 이토록 봉사했는데 이것이 당신 뜻입니까?" 주님을 원망하면서 의식을 잃었다. 수술 후에 눈을 떴다. 손발을 움직이려 했다. 그러나 움직여지질 않았다. 병명은 '뇌졸중'이었다. 오른쪽 얼굴과 팔다리가 완전히 마비되었다. 육체와 정신은 나날이 피폐해졌다. "주님, 이럴 바에는 죽음을 주세요." 라는 기도까지 했다.

재활 치료에 들어갔다. 그러나 쉽게 나아지지 않았다. 절망 상태였다. 그때 남동생이 휴대폰을 보여 주었다. 그 안에는 자신이 봉사했던 단체에서 보내온 메시지들이 가득 차 있었다. "자매님, 힘내세요. 일어설 수 있습니다. 우리 모두 기도하고 있습니다."

그 글을 보니 눈물이 마구 쏟아졌다. 재활에 박차를 가했다. 성탄절도 많이 지난 때였다. 휠체어를 타고 성당을 찾았다. "예수님, 늦었지만 탄생을 축하해요. 저를 어서 낫게 해주세요. 열심히 봉사할게요." 그 후로 아주 조금씩 손과 발이 움직이기 시작했다. 기적이었다. 이젠 오른손으로 천천히 십자 성호도 그을 수 있다. 요즘에는 "두 손으로 성체를 모시게 해주세요."라는 기도를 드린다. 자매는 신앙 체험을 다음 말로 마무리했다. "'그리스도는 당신만을 믿습니다.' 이 말씀처럼 저는 주님만을 믿습니다."

몇 해 전 가을, 나는 출근하다가 쓰러졌다. 고속도로 터널 속을 지나가는데 차가 자꾸 오른쪽으로 쏠리는 듯했다. 그리고 머리가 어지러웠다. 진땀이 흘렀다. 죽을 수도 있다는 생각이 들었다. 정신 바짝 차리고 운전대를 꼭 잡았다. 간신히 학교에 도착했다.

그때부터 하늘이 빙글빙글 돌기 시작했다. 눈을 감아도 돌았다. 구토가 나왔다. 차 속에서 쓰러졌다. 우리 학부 조교가 발견해 119에 신고했다. 응급차가 달려왔고 병원 응급실로 실려갔다. 뇌를 컴퓨터 촬영했다. 다행히 뇌에는 이상이 없었다. 그러나 천정은 계속해서 돌았다. 너무 고통스러워 수면제를 놓아달라고 간청했다.

대학병원으로 옮겨 정밀 진단을 받았다. 진단 결과, 오른쪽 귀 전정기관에 세균이 침투해 평형 기능이 거의 망가진 것이다. 화장실도 갈 수 없고 칫솔질도 할 수 없을 정도로 어지러웠다. 주님께 간절히 기도드렸다. "저를 낫게 해주시면 신앙생활도, 봉사활동도, 학교 일도 정말 열심히 하겠습니다. 저는 주님만을 믿습니다."

그 후 계속된 치료와 재활 훈련으로 어지럼증이 조금씩 가라앉았다. 지금은 거의 나았다. 그래도 아직 1%는 어지럽다. 그 1%의 어지러움은 주님과의 약속을 꼭 지키라는 메시지 같다. 나는 그 약속을 꼭 지킬 것이다.

제로섬 게임

아파트 14층에서 네 살 어린이가 베란다 난간에 올라갔다가 추락해 숨졌다. 온 가족이 함께 있었을 주말 오후에 그 아이는 홀로 있다가 사고를 당한 것이다. 그날, 할머니는 손자가 잠든 것을 확인하고는 밖에서 노는 다른 손자를 찾기 위해 아파트를 나왔다. 그 사이 자고 있던 손자가 깨어나 부모를 찾다가 베란다 너머로 떨어져 숨진 것이다. 그 시간에 그 아이의 부모는 맞벌이를 하고 있었다. 이런 어처구니없는 사고에 가슴이 무척이나 아프다.

한 장의 그림이 생각난다. 르네상스 화가 라파엘로가 그린 '시스티나의 성모'이다. 그림 한가운데는 성모님이 아기 예수님을 안고 구름 위에 서 있다. 바로 그 아래에는 아기 천사 둘이

턱을 받치고 성모님의 지시를 기다리고 있다. 하늘에는 수많은 아기들이 있다. 아기들 각자가 지상의 부모를 선택해 가리키며 "저 부모의 아기가 되게 해주세요. 그곳으로 절 보내주세요"라고 성모님께 간구한다. 성모님 좌우에는 귀한 모습을 한 두 사람이 있다. 왼쪽의 남성은 아기들이 가리키는 사람이 부모로서 적합한지 성모님께 말씀드리고 있고, 오른쪽 여성은 그 말이 옳다고 미소 짓고 있다. 성모님은 아기를 한 명씩 품에 안고는 두 천사로 하여금 지상의 부모에게 데려다주라고 말한다. 천사는 아기를 안고 지상으로 내려온다. 이렇게 해서 아기들은 이 세상에 태어나는 것이다.

이 그림은 자녀들을 어떠한 시각에서 바라봐야 할 것인지 분명히 가르치고 있다. 아기들은 '내 새끼'로 태어난 것이 아니라 저 하늘나라에서 부모를 선택해 이곳까지 찾아온 '귀한 손님'이다. 이러한 자녀관은 신앙을 갖고 있는 사람이라면 꼭 지녀야 할 중요한 가치이다. 이런 관점에서 어린이를 바라보면 어린이가 그렇게 소중하고 사랑스러울 수가 없다. 그렇기 때문에 어린이에게 욕을 해서도 안 되고, 때려서도 안 되고 방치해서도 안 된다. 독일에서는 이 그림을 유치원 현관 벽에 붙여

놓는다. 유아 부모와 유아를 가르치는 교사가 매일 이 그림을 보면서 유아를 어떻게 대해야 하는지 생각하게 한다.

'세대 간 손익의 제로섬 게임'(zero sum game)이라는 이론이 있다. 유아교육에서 매우 중요한 이론이다. '적은 친자 시간(親子時間)으로 부모가 이득을 보면 아이는 그만큼 손해를 보고, 많은 친자 시간으로 부모가 손해를 보면 아이는 그만큼 이득을 본다.'는 이론이다. 친자 시간은 '부모가 아이와 함께하는 시간'을 말한다. '함께 있다.'는 것은 물리적 가까움이 아니라 경험을 공유하는 심리적 가까움이다. 이 이론을 쉽게 풀어보면, 부모가 자녀와 함께 있어야 하는 시간에 밖에 나가 돈을 벌면 버는 만큼(명예와 지위를 갖는 만큼) 자녀의 정서 발달, 인지 발달, 신체 발달은 '손해'를 본다. 거꾸로 부모가 돈(명예, 지위)을 더 버는 것을 포기하고 자녀와 함께 있는 시간을 더 많이 가질수록 자녀의 정서·인지·신체 발달은 '이익'을 본다는 것이다. 우리 집에선 누가 이익을 보고 누가 손해를 보고 있을까? 곰곰이 생각해 보아야 한다. 어린이는 정말 소중히 보살펴야 한다. 예수님은 어린이를 끌어안고 손을 얹어 축복해 주실 만큼 어린이를 무척이나 사랑하셨다.

꽃자리

얼마 전, 서점에 갔다가 한쪽에 쌓여 있는 예쁜 녹색 책에 눈이 갔다. 책을 펼쳐 보니 온통 자살자에 대한 이야기였다. 자살예방센터에서 펴낸 자살자 가족들의 수기였다. 승마 선수를 꿈꿨던 어린 손녀를 어처구니없이 보낸 할머니의 글, 아직도 아들의 휴대폰을 들고 아들과 주고받은 카톡만 들여다보는 아빠의 글, 심약하고 병든 육체를 가진 남동생을 제대로 돌보지 못한 죄책감으로 쓴 누나의 눈물편지 등이 들어 있었다. 특히 사랑하는 딸이 저세상으로 가기 전에 엄마에게 보낸 유서 글 "다음 생애엔 엄마가 내 딸 해! 내가 정말 예쁘게 키울게"를 읽을 땐 눈물이 왈칵 쏟아졌다. 모두 죽지 않을 수 있었는데…. 우리나라에선 매일 40명 가까운 사람들이 목숨을 끊는다.

모두 힘들게 살아간다. 그 힘든 상황을 어떤 시각으로 보느냐가 중요하다. 심리학책에 늘 등장하는 얼굴 그림이 있다. 늙은 마녀의 무서운 얼굴로도 보이고, 젊은 여인의 아름다운 얼굴로도 보인다. 그림은 보는 사람이 어떤 삶을 살아왔고 현재어떤 심리 상태인지에 따라 달라 보인다. 또 이런 이야기도 있다. 반병만 남은 귀한 포도주가 있다. 이 반병을 어떻게 보느냐는 것이다. 어떤 사람은 "이제 반병밖에 안 남았네!"라며 슬퍼한다. 또 어떤 사람은 "아직 반병이나 남았네!"라며 기뻐한다. 이렇게 같은 상황을 놓고 상반된 반응을 보인다. 결국 어떠한 가치관을 갖고 사느냐가 그 사람의 운명을 결정짓는다.

나는 대학에서 많은 시간을 보직자로 일했다. 교수들은 대학에서 보직을 맡으려 하질 않는다. 이유는 해당 부서의 업무를 책임 관리해야 함은 물론 정부의 각종 평가와 국고 지원 사업에 적지 않은 시간을 쏟아부어야 하기 때문이다. 그러다 보면 교수에게 정작 필요한 연구와 교육은 소홀해지기 마련이다. 그래서 보직자를 오래 하면 연구물(책, 논문)도 없고 강의 평가도 엉망으로 나오고, 건강도 크게 나빠진다. 그럴 때마다 심한 자괴감이 든다. 보직은 보람도 있지만 고통이 크다. 나 역시 많은 것을 희생해 가며 보직을 수행했다. 일반 교수들과 부딪치고, 같은 보직자와 부딪치고, 대학 경영자와도 부딪치고, 심지어 가르치는 학생과도 부딪쳤다. 고통이 클 때마다 피해 가고 싶었다. 그때마다 겟세마니 동산에서 예수님이 하느님께 드린 기도를 떠올리곤 했다.

시인 구상은 힘들게 살아가는 사람들을 위해 '꽃자리'라는 좋은 시를 남겨주었다.

반갑고 고맙고 기쁘다
앉은 자리가 꽃자리니라
네가 시방 가시방석처럼 여기는
네가 앉은 그 자리가 바로 꽃자리니라

마음을 어떻게 먹느냐에 따라 앉은 자리가 가시방석이 될 수도 있고, 꽃자리도 될 수 있다. 이 시를 수첩 속에 또는 책상 위에 붙여 놓고 집을 뛰쳐나가고 싶을 때, 직장을 그만두고 싶을 때, 죽어버리고 싶을 때 읽어 보라. 그러면 놀라운 기적이 일어난다. 부정이 긍정으로 바뀌며 땅이 하늘이 되고, 지옥이

천당이 된다.

어떻게 해서든지 시련과 역경을 이겨내야 한다. 하느님께 의지하여 가시방석을 꽃자리로 바꾸어야 한다. 어떤 시처럼 대추 열매는 저절로 붉어지지 않는다. 그 안에 태풍 몇 개와 천둥 몇 개, 그리고 벼락 몇 개가 들어가야지만 붉어진다.

시간의 종말

'시간의 종말'이라는 다큐멘터리를 보았다. 병인박해 150주년을 기념해 만든 영화이다. 파리 외방전교회 오르간 연주자였던 구노의 '아베 마리아'가 피아노와 첼로 선율을 타고 흐른다. 그러면서 파리 외방전교회 선교사들의 흑백사진이 점점 크게 비추어진다. '떠나라, 그리고 돌아오지 마라.' 이것은 파리 외방전교회의 모토였다. 조선의 천주교 신자들은 교황에게 조선 교회 박해 상황을 알렸다. 앵베르 주교, 그리고 샤스탕 신부, 모방 신부가 새남터에서 순교했다.

경기도 의왕 청계산 기슭에 하우현 성당이 있다. 그곳은 루도비코 신부 성인 성지이기도 하다. 제대 맞은편 벽에 커다란 그림이 걸려 있다. 제목은 '파견'이다. 파리 외방전교회 선교사들이 아시아로 떠나기 전, 가족 친지들과 이별하는 장면이 그려져 있다. 그림 속에는 조선에서 순교한 네 명의 선교사가 있다. 루도비코, 헨리코, 유스토, 루카 신부이다. 루도비코 신부는 충남 내포로 들어왔다가 이곳 둔토리 은신 동굴에서 체포되어 새남터에서 순교한다. 순례하던 그 추운 겨울날, 성당 벽에 걸려 있는 루도비코 신부 흑백사진 얼굴에 붉은빛이 감돌았다.

경기도 용인 광교산 골짜기에 손골성지가 있다. 손골성지는 파리 외방전교회 선교사들이 조선에서 선교하기 전에 조선말과 풍습을 익히던 곳이었다. 헨리코 신부는 이곳에서 체포되어 새남터에서 순교한다. 성지에 순교 100주년을 기념해 만든 헨리코 신부 현양비가 있는데, 석축 위에 돌 십자가가 올려져 있다. 그 십자가는 신부 고향 성당에서 신부 부친이 사용하던 맷돌을 재료로 해서 만든 것이다. 십자가는 두 개를 만들었는데 하나는 신부 생가에 두고 나머지 하나를 이곳으로 가져온 것이다. 순교자 현양 대회가 열리던 그 따뜻한 봄날, 성지 입구에 빨갛게 핀 꽃들은 마치 순교자들이 흘린 피 같았다.

충남 아산 공세리 성당에 내포 지방 순교자 성지가 있다. 공세리 성당은 고색창연한 아름다움으로 늘 영화나 드라마에 등장한다. 박물관 안 대리석에 새겨진 편지를 읽고는 난 그만 숙연해졌다. "주교님, 아름다운 땅 조선으로 가라고 나흘 전에 발령을 받았습니다. 이 거룩한 땅 위에서 일하며 수많은 순교자들의 피에 저의 땀을 섞게 되었습니다. 하느님은 너무 좋으신 분입니다. 1894년 7월 5일 파리에서 드비즈 신부" 신부가 주교에게 보낸 편지였다. '수많은 순교자들의 피에 저의 땀을 섞게 되었습니다.' 이 얼마나 눈물겹도록 아름다운 순종인가! 신부는 서품을 받은 그해, 제물포에 도착해 공세리 본당 주임으로 활동하며 공세리 성당을 내포 지방의 주춧돌이 되게 만들었다. 비를 맞으며 순례하던 그 아름다운 가을날, 순교자 현양비로 노랑 은행잎들이 날아와 붙었다.

순교를 생각한다.

파란 눈의 젊은 신부들이 어째서 이 머나먼 땅 조선까지 와서 순교했을까? 예수님께서는 우리에게 두 가지 미션을 주었다. "네 마음을 다하고 네 목숨을 다하고 네 정신을 다하여 주 너

의 하느님을 사랑해야 한다. 그리고 네 이웃을 너 자신처럼 사랑해야 한다."(마태 22,37-39) 이 말씀을 실천하기 위해 목숨을 걸고 이곳 조선 땅까지 온 것이다. "떠나라, 그리고 돌아오지 마라." 우리도 떠날 준비가 되어 있는가? 돌아오지 않을 각오도 되어 있는가?

라뿌니

예수님은 훌륭한 교육자였다. 이는 성경 곳곳에 나와 있다. 대표적인 것이 '간음하다 잡힌 여자' 이야기이다. 율법 학자들과 바리사이들이 간음하다 붙잡힌 여자를 끌고 와서 성전 가운데에 세워 놓고, 예수님께 율법에서는 이런 여자에게 돌을 던져 죽이라고 했는데 어떻게 생각하느냐고 물었다. 율법대로 돌을 던지라고 할 것인지 아니면 율법을 무시하고 살려 주라고 할 것인지 사람들은 예수님의 대답이 궁금했다. 그러나 예수님께서는 즉답을 피하고 땅에 무엇인가 썼다. 그런 후에 "너희 가운데 죄 없는 자가 먼저 저 여자에게 돌을 던져라." 하고 말하였다. 그러자 사람들이 하나둘, 나중에는 모두 그 자리를 떴다. 이 짧막한 이야기 속에 교육철학, 교육심리학, 교육사회학 등 많은 교육학 이론이 담겨 있다.

교육에서 가장 중요한 것은 '깨닫게' 해주는 것이다. 가르치는 것이 아니다. 예수님은 사람들을 깨닫게 하였다. '간음하다 잡힌 여자'에서 돌을 던지며 죽이려 했던 사람들에게 스스로 자신을 돌아보며 깨닫게 한 것이 바로 교육자의 모습이다. 가르치면 잊어버리지만 깨달으면 잊어버리지 않는다. 교육심리학적으로 말하면 가르친 것은 단기 기억으로 들어가지만 깨달은 것은 장기 기억 속으로 들어간다. 장기 기억 속에 들어간 것은 시간이 흘러도 잊혀지지 않는다. 예수님은 이러한 원리로 교육하였다.

교육은 영어로 'education'이다. 이 단어 속에는 '안에 들어 있는 것을 밖으로 끄집어낸다.'는 뜻이 담겨 있다. 안에 있는 것은 하느님께서 주신 재능을 뜻한다. 그래서 소크라테스는 교육을 '산파술'이라 했다. 산파란 아기를 받아내는 사람이다. 산파의 역할은 아기를 건강하게 받아내는 것이다. 아기는 이미 어머니 배 속에 있을 때에 하느님으로부터 과학자, 예술가, 교육자 등의 재능을 부여받았다. 그러한 아이의 재능을 다치지 않게 잘 이끌어 내는 사람이 부모이고 선생님이다. 교회의 모든 사람, 특히 사제를 비롯해 수도자, 사목위원, 단체장, 주일

학교 교사, 그리고 각 봉사자는 예수님의 교육자적 모습을 닮아야 한다. 강론할 때도, 고해성사를 줄 때도, 각종 전례에서도, 교회 행정에서도, 직무 봉사에서도 '나는 교육자다.'라고 생각해야 한다.

예전에 'TV는 사랑을 싣고'라는 프로그램이 방영된 적이 있다. 유명 인사들이 나와 어렵고 힘들었던 학창 시절 이야기를 한다. 선생님의 따뜻한 그 사랑이 없었다면 오늘 이 자리에 있지 못했을 것이라고 말한다. 그 선생님 덕분에 이렇게 번듯한 사람이 되었다고 말한다. 애절한 사연이 끝나면 출연자는 무대 뒤편을 향해 선생님을 부른다. '선생님~' 이때 음악이 흐른다. 처음엔 작게 부르다가 점점 크게 부른다. 음악은 더욱 커지면서 드디어 선생님이 무대에 등장한다. 그러면 출연자는 그 앞으로 달려가 흐느껴 울며 큰절을 올린다. 이때 시청자들도 함께 눈물을 흘린다.

사람들은 수학과 영어를 잘 가르쳤던 교사를 찾질 않는다. 자신이 가장 힘들고 어려웠을 때 용기와 희망을 주었던 선생님을 찾는다. 그래서 마리아가 예수님을 '라뿌니(스승님)'라고 불렀던 것이다. 교회(敎會)의 '교' 자와 교육(敎育)의 '교' 자는 서로 같다. 그렇다. 교회는 교육자적 모습을 보여 주어야 한다.

화요일아침예술학교

연구실에서 책 원고를 다듬고 있었다. 그때 갑자기 휴대폰으로 전화가 왔다. 발신자를 보니 전에 수업을 들었던 디지털 아트 전공 여학생이었다. "오래간만이구나. 잘 지내지? 교장 신부님 건강은 어떠시니?" 그러자 울먹이며 말했다. "교장 신부님께서 돌아가셨습니다." 서로가 한동안 말을 잇지 못했다. 전화선 너머에서 훌쩍이는 소리가 들렸다.

신부님은 몇 년 전에 경기도 한탄강 근처에 작은 학교를 하나 설립하였다. 학교를 짓는 데는 많은 돈이 들어갔다. 땅을 구입하고 건물을 세우는 비용은 돌아가신 어머니가 남긴 작은 집과 신부님이 그동안 책을 써서 모은 인세로 마련했다. 학교 이름을 '화요일아침예술학교'라고 붙였다. '화'자는 꽃 '花'자이며 '아침'은 매일 맞이하는 아침처럼 '희망을 가지라.'는 의미였다. 전교생이 30명인 초미니 학교로 한 학년이 10명이었다. 교사는 재능 기부자까지 합쳐 30명이었다. 입학생은 예술적 재능과 꿈이 있는데 가난 때문에 그 꿈을 피우지 못하는 학생들이었다. 수업료와 기숙사비는 전액 무료였다. 교복도 예쁘게 디자인하여 입혔다. 작은 버스도 사서 예쁘게 칠했다. 학교 안에 작은 성당과 함께 피정의 집도 지었다. 신부님은 학교의 모든 일을 도맡아 했다. 학생들이 먹을 음식 재료도 시장에서 직접 사와 요리했고, 학교의 모든 디자인도 직접 만들었고, 학생들이 견학을 가면 손수 운전도 했다.

신부님과의 인연은 몇 년 전으로 거슬러간다. 뉴스를 통해 신부님이 세운 예술학교가 있다는 소식을 들었다. 같은 예술학교인 우리 대학이 학생들을 초청했다. 예쁜 교복을 입은 학생들이 미니버스를 타고 신부님과 함께 왔다. 캠퍼스 곳곳을 둘러보면서 학생들과 신부님 모두 흥분했다. 학생들이 흥미를 갖고 있는 학과가 전부 이곳에 있기 때문이고, 캠퍼스 곳곳의 디자인이 마음에 쏙 들었기 때문이었다. 신부님은 캠퍼스 방문을 마치면서 "이번 1회 졸업생이 이 대학에 입학하면 참 좋겠습니다."라고 희망했다. 그런데 그 해 1회 졸업생은 단 한 명도 합격하질 못했다. 그다음 해, 2회 졸업생 중의 한 명이 합격했다. 그 합격생이 바로 신부님의 선종(善終) 소식을 전한 여학생이었다.

장례미사가 명동 성당에서 추기경님 주례로 봉헌되었다. 백 명이 넘는 사제들이 참례했다. 그런데 그 넓은 성당에 가득 앉아 있는 사람들은 신부님이 본당 사목할 때 그 성당 신자들이었다. 신부님은 선한 목자처럼 자신의 모든 것을 바쳐가며 신자들을 돌보았기에 저렇게 많은 신자들이 눈물을 흘리며 미사를 봉헌하는 것이었다. 나는 이 아름다운 모습을 보면서 '신부님은 참으로 행복한 삶을 사셨구나'라는 생각을 했다.

이제 신부님은 계시지 않는다. 그렇지만 신부님이 뿌려놓은 씨앗들이 착하고 아름답게 자라고 있다. 그리고 매년 보란 듯이 예쁜 꽃을 활짝 피우며 향기로운 열매를 맺고 있다.

왜 하필 저입니까?

신문에서 그 자매의 얼굴을 보았을 때, 인쇄가 잘못 나온 줄 알았다. 얼굴이 심하게 한쪽으로 일그러져 있었기 때문이었다. 신문사가 돌이킬 수 없는 실수를 저질렀다고 생각했다. 그 사진은 어렸을 적에 본 호러 영화의 한 장면을 떠올리게 했다. 얼굴에 커다란 혹이 달린 무서운 여인의 얼굴이었다. 나는 마음을 가라앉히고는 신문을 찬찬히 읽어 내려갔다. 그런데 그게 아니었다. 그 심하게 일그러진 얼굴이 그 자매의 실제 얼굴이었다.

자매가 앓고 있는 병은 '스터지−웨버 증후군'으로 무척이나 생소한 이름을 가진 병이다. 오른쪽 얼굴 전체와 오른쪽 팔과 손의 절반에 진한 포도주색 반점이 퍼지는 증상을 보이는 병이다. 자매는 합병증으로 녹내장을 가지고 태어나 오른쪽 눈으로 빛을 본 적이 없다. 어렸을 때는 허구한 날 경기를 일으키며 쓰러져 병원에서 살다시피 했다. 초등학교 6학년 때에 안구 제거 수술을 받았다. 현재 그곳에는 의안(義眼)이 들어가 있다.

그 자매는 어느 날 길을 가다가 엄마의 품에 안긴 아기를 사랑스러운 눈으로 쳐다보았다. 그러자 아기 엄마는 아기의 얼굴을 반대편으로 휙 돌려버렸다. 또 어떤 엄마는 아이의 손을 잡고 가다가 그 자매와 마주치자 아이가 그 얼굴을 보지 못하게 하려고 다른 길로 휙 비켜 갔다. 또 어떤 엄마는 그 자매와 함께 탄 엘리베이터 안에서 아예 아이의 눈을 손으로 가렸다. 또 버스 안에서도 사람들은 그 자매에게 심한 말을 내뱉었다. "내가 너였으면 자살했을거야." "옥상에서 뛰어내리고 싶은 적 없었니?" 사람들은 길을 가다가도 그 자매를 만나면 "깍!" 소리를 내며 놀라 달아났다. 그 자매 얼굴에 침을 퉤 뱉고는 가는 사람도 있었다. 그 자매는 '반쪽이', '괴물', '아수라 백작', '조커' 등으로 놀림을 받았다.

자매에게 삶의 유일한 희망은 신앙이었다. 첫영성체 교리를 담당하던 수녀님이 '안젤라'라는 예쁜 이름으로 세례를 받게 해주었다. 엄마가 지어준 이름보다는 '안젤라'로 불리는 것이 좋았다. 엄마가 지어준 이름에는 한없는 조롱과 놀림이 배어 있기 때문이었다. 자매는 제주도에 있는 한 가톨릭계 중고등학교에서 공부했다. 그곳에서 학생 레지오 활동을 열심히 했다. 활동을 통해 '다른 사람을 위해 기도하는 법'과 '나의 삶에 감사하는 법'을 알게 되었다. 거동이 불편한 어르신들을 방문하여 보살펴드렸다. 욕창 때문에 더러워진 패드를 갈아드리고 말동무도 해드렸다. 그러다가 돌보아드리던 할머니가 하늘나라로 떠나면 안젤라는 단원들을 부둥켜안고 울었다. 지금은 성당에서 청년회 봉사를 하고 있다. 특히 전례 봉사를 하며 신자들로부터 많은 사랑을 받고 있다.

어느 날, 성당에 다니는 어떤 어르신에게서 연락이 왔다. 청년회 활동을 열심히 하는 모습을 보고 연락을 했다는 것이었다. 얼굴 치료를 받을 수 있게 도와주고 싶다고 말했다. 그 말씀이 얼마나 고마운지 몰랐다. 자매는 태어나자마자 부모가 이혼했고, 엄마 혼자서 일하며 생계를 책임져야 했기 때문에 도저히 얼굴 치료는 상상도 할 수 없었다. 자매의 기막힌 사연이 가톨 릭 월간지 '생활성서'에 자세히 소개되었다. 많은 사람들의 후 원이 쏟아져 들어왔다. 마침내 피부과에서 레이저 치료를 받 을 수 있게 되었다. 얼굴을 제대로 치료하기 위해서는 성형수 술이 필요했으나 과다 출혈의 위험으로 레이저 치료만 하게 되었다. 치료 기간은 장장 3년이었다. 매번의 레이저 치료 고 통은 이루 말할 수 없었다. 온 살을 찢는 듯한 아픔과 불에 델 듯한 열기, 개미 수백만 마리가 기어 다니는 듯한 심한 가려 움, 화장터에서 살 태우는 듯한 역겨운 냄새 등이 너무나 고통 스러웠다.

"주님, 왜 하필 저입니까?" "왜 나만 가지고 그러십니까?" 하 는 물음을 자매는 한없이 던졌다. 하지만 어느 순간, 이것이 십자가가 아니라 주님께서 나를 통해 키우는 하나의 씨앗이라 는 생각이 들었다. 그때부터 잔잔한 기쁨과 평화가 밀려오기 시작했다.

자매는 지금 시각장애인이 운영하는 안마원에서 사무직으로 일하고 있다. 올 초에는 2년의 시각장애인 안마사 과정을 수

료하고 자격증을 취득했다. 이젠 번듯하게 안마원도 차릴 수 있게 되었다. 자매는 언젠가부터 주위 사람들에게 직소 퍼즐을 맞춰서 액자에 담아 선물로 나눠주고 있다. 이제까지 수많은 사람들로부터 받은 사랑과 은혜에 하나씩 보답해드리기 위해 시작한 것이다. 퍼즐은 한 조각이라도 빠지면 완성이 되질 않는다. 자매는 자신의 조각을 다른 사람들의 조각에 맞춘다. 그렇게 함으로써 하느님께서 주신 시련을 기쁘게 받아들이는 법을 배워나간다. 안젤라 자매는 하느님께서 보시기에 좋은 작품이 되도록 삶을 아름답게 완성해 나가고 있다.

내 혼에 불을 놓아

퇴근 후에 집에 돌아오니 책상 위에 흰 봉투 하나가 놓여 있다. 주소에는 천주교 수원교구 꾸르실료사무국이라 적혀 있다. 편지를 열어보니 남성 제178차 꾸르실료 교육에 참가하기로 심의 결정되었다는 내용과 함께 미사, 성체조배, 묵주의 기도, 십자가의 길을 정성껏 바치라고 쓰여 있었다. 얼마나 기쁘고 반갑던지. '드디어 하느님께서 나를 불러 주셨구나.'라는 생각이 번듯 들었다. 이 은총의 기회를 정성 들여 준비했다. 레지오 활동도 더 많이 하고, 묵주기도도 더 많이 드리고, 평일 미사에도 참석하고, 작은 희생과 선행도 꾸준히 실천했다. 꾸르실료 교육에 필요한 시간인 나흘을 확보하기 위해 1학기 수업시간 전부를 월, 화, 수요일로 몰았다. 그리곤 따뜻한 봄바람이 불어오던 날, 경기도 안성 일죽에 있는 영성관에 입소

했다.

그날 새벽을 잊질 못한다. 한참 자고 있는데 어디선가 노래 소리가 들렸다. 하늘나라에서 천사들이 부르는 노래 같았다. 마치 내가 천상 세계에 온 듯했다. 정신을 차리니 숙소 천정 스피커에서 나오는 소리였다. '먼동 틉니다 잠을 깨세요 동녘하늘에 주님의 은총이 가득 찬 이 새벽 안녕하세요 안녕하세요~'라는 노래가 슬프도록 아름다웠다. 지금도 그 노래를 들으면 그때의 진한 감동이 밀물처럼 밀려와 가슴이 저리다.

햇빛이 밝게 쏟아져 들어오던 그날 오후도 잊질 못한다. 강의실에서 강의내용을 요약하고 그림을 그리고 있었다. 성체 조배할 시간이 되었다. 성체의 그 경건함과 엄숙함 속에 난 예수님의 현존을 느꼈다. 그리고 내 죄를 낱낱이 고백했다. 바리사이파처럼 율법학자처럼 거만하게 군림하며 위선적으로 살아온 날들을 모두 다 털어놓았다. 죄를 고백하는 내 목소리는 마구 떨렸고, 뜨거운 눈물이 마구 쏟아져 내렸다. 나는 다시는 죄를 짓지 않고 예수님께서 쓰셨던 가시관을 기억하며 이웃을 더욱 사랑하며 살아가겠노라고 결심했다.

내 책상 바로 앞에는 **빨간** 십자가가 새겨진 꾸르실료 목걸이
가 걸려있다. 그리고 그 밑에는 나흘 동안 가슴에 줄곧 달고
다녔던 명찰이 달려있다. 책상 앞에 바로 볼 수 있도록 목걸이
와 명찰을 걸어 놓은 까닭은 내 삶에서 가장 놀랍고도 거룩하
게 경험했던 시간들을 소중히 간직하기 위해서이다. 또한 뜨
거운 눈물을 흘리며 주님께 드렸던 약속을 매일 매일 다짐하
기 위해서이다. 또한 지도 신부님이 "그리스도는 당신만을 믿
습니다."라 하였을 때, 나는 "저는 그리스도의 은총만 믿습니
다."라고 응답했다. 그 맹세를 지키기 위해서이다.

꾸르실료 3박 4일은 내 삶에서 가장 큰 축복과 은총을 받은 날
로 기록되었다. 하느님께서 내 차가운 영혼에 뜨거운 성령의
불을 놓아 주셨던 날들이었다. 이해인 수녀님의 『내 혼에 불을
놓아』라는 시집이 있다. 나는 그중에서 「황홀한 고백」이란 시
를 좋아한다. 꾸르실료를 통해 하느님과 주고받은 사랑을 노
래하는 듯해서 이 시가 더욱 좋아졌다.

사랑한다는 말은
가시덤불 속에 핀

하얀 찔레꽃의 한숨 같은 것.

내가 당신을 사랑한다는 말은

한 자락 바람에도

문득 흔들리는 나뭇가지.

당신이 나를 사랑한다는 말은

무수한 별들을

한꺼번에 쏟아내는

거대한 밤하늘이다.

...

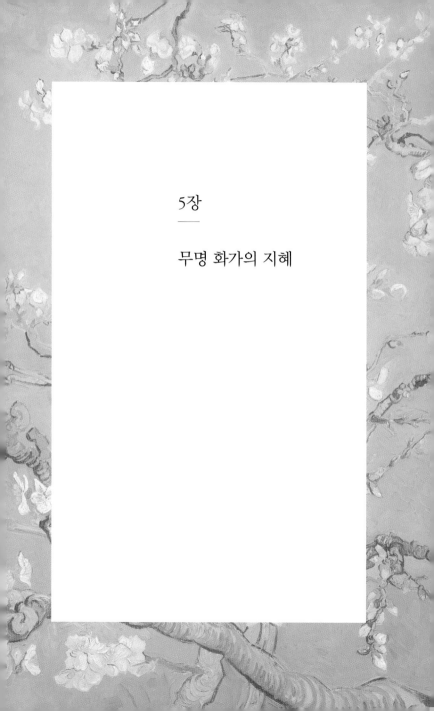

5장
—

무명 화가의 지혜

미사의 무게

룩셈부르크의 한 작은 마을에서 일어난 놀라운 이야기이다. 무척이나 가난한 여인이 있었다. 이 여인은 먹을 것이 없어 매일 굶다시피 했다. 이젠 더 이상 참을 수가 없었다. 그래서 마을로 내려갔다. 정육점에는 맛있는 고기가 주렁주렁 매달려 있었다. 마침 그 가게에는 주인과 함께 산림 경비대장이 앉아 있었다. 여인은 "배가 고프니 고기 한 점만 잘라 주세요." 하고 애원했다. 주인은 그 말을 듣고는 "내가 고기를 주면 당신은 나에게 무엇을 주겠소?"라고 되물었다. 여인은 잠시 생각하더니 "나는 당신을 위해 성당에 가서 미사 한 대를 정성껏 봉헌하겠습니다." 하고 대답했다. 이 말을 들은 주인은 장난기 섞인 말투로 "당신이 미사를 봉헌하고 나서 증명서를 신부님께 받아오면 그 무게만큼 고기를 잘라 주겠소." 하고 말했다.

여인은 곧바로 성당으로 달려가 정육점 주인을 위해 미사 한 대를 정성껏 봉헌했다. 그리고 신부님으로부터 증명서도 받았다. 이제 고기를 먹을 수 있다는 희망이 생겼다. 증명서를 들고 정육점으로 달려갔다. 증명서를 받아든 정육점 주인은 저울을 꺼냈다. 한쪽 접시에 증명서를 올려놓았다. 그리고 다른 한쪽 접시엔 손바닥 크기의 고기를 올려놓았다. 당연히 저울은 고기가 담긴 접시 쪽으로 기울어질 것으로 생각했다. 그런데 저울의 눈금은 전혀 움직이질 않았다. 주인은 이상하다는 표정으로 또다시 고기 한 점을 올려놓았다. 그랬더니 이번에는 눈금이 아주 작게 움직였다. 주인은 또다시 더 큰 고기 한 덩어리를 올려놓았다. 그때야 비로소 저울의 눈금이 균형을 잡았다.

정육점 주인과 경비대장은 이 믿지 못할 기적을 보고 몸을 떨었다. 그들은 가난한 여인을 경멸했던 것에 대해 깊이 후회하고 머리 숙여 용서를 빌었다. 물론 그 여인에게 고기를 후하게 준 것은 말할 것도 없었다. 미사의 기적을 목격한 경비대장은 그 후, 하느님을 믿게 되었고, 매일 매일 미사를 정성껏 봉헌했다. 그에게는 두 아들이 있었는데 모두 신부가 되었다.

이렇게 '미사의 기적'이 오늘까지 전해지게 된 것은 두 신부가 아버지의 놀라운 경험을 전했기 때문이다. "믿음을 다해 성체를 영하는 사람에게는 주님께서 풍성한 은혜를 베풀어주십니다." 『준주성범』에 있는 말이다.

코이 이야기

일본 신화에 '코이'라는 물고기 이야기가 있다. 코이(鯉)는 '잉어'라는 뜻이며, 흔히 볼 수 있는 주황색 물고기이다. 아주 먼옛날에 작고 연약한 코이 한 마리가 살고 있었다. 코이는 다른 물고기들이 전혀 할 수 없는 '불가능한 일'에 도전하고 싶었다. 그것은 강을 거슬러 끝까지 올라가는 것이었다. 이제껏 그 어떤 물고기도 강 끝까지 가본 적이 없었다. 코이는 강 끝에 무엇이 있는지 궁금했다. 코이에게는 다른 물고기들이 갖고 있는 않은 '호기심'이 있었다. 자신이 어디에서 왔고, 어디로 가는지 알고 싶었다.

코이 앞에 강물이 세차게 흐르고 있었다. 강물을 거슬러 올라가다가 자칫하다가는 세찬 물줄기에 떠밀려 바위에 부딪혀 죽을 수도 있을 것 같았다. 코이는 정신을 집중했다. 그리고 지느러미와 꼬리를 힘차게 치며 강물 위로 거슬러 올라가기 시작했다. 올라갈수록 물줄기는 더욱 세찼다. 몸을 가늠하기도 힘들었다. 숨이 턱턱 막혔다. 죽을힘을 다해 조금씩 앞으로 나아갔다. 강에는 곳곳에 위험이 도사리고 있었다. 자기를 잡아먹으려는 큰 물고기가 있었고, 날카로운 바위도 있고, 커다란 나무토막들도 무섭게 떠내려 왔다. 간신히 이러한 장애물들을 극복하며 상류까지 올라왔다. 온몸은 상처투성이였다.

그런데! 눈앞에 끝이 보이지 않는 직각 폭포가 나타났다. 폭포 위에선 세찬 물줄기가 쏟아져 내렸다. 폭포를 보는 순간, 덜컥 겁이 났고, 포기해야겠다는 생각이 들었다. 직각 폭포를 거슬러 올라간다는 것은 절대 불가능했다. 그런데 갑자기 '상상력을 동원하면 가능할 수 있다!'는 믿음이 생겼다. 코이는 단단히 결심했다. "내가 물고기이길 포기하자. 내 지느러미와 꼬리로 날개를 만들어서 폭포 위로 날아가자!" 코이는 확신에 찼다. 더 이상 망설이지 않았다. "지느러미야, 꼬리야, 어서 날개가 되어라!" 이렇게 소리 지르며 직각 폭포 위를 힘차게 오르기 시작했다.

그 순간! 기적이 일어났다. 코이가 한 마리의 용이 되어 폭포 위를 거슬러 올라가는 것이었다. 자신에 대한 굳은 믿음이 약한 물고기 코이를 용으로 변화시킨 것이다. 코이는 용이 되어 하늘로 날아올랐다. 저 밑에 아스라이 멀어지는 폭포를 보면서 코이는 감격의 눈물을 흘렸다.(배철현, 『심연』) 이렇듯 굳센 믿음은 자신을 구원할 수 있다.

예수님께서 말씀하셨다. "네 믿음이 너를 구원하였다."(마르 5,34)

무명 화가의 지혜

옛날 그리스에 유명한 애꾸눈 장군이 있었다. 장군은 죽기 전에 자신의 멋진 모습이 담긴 초상화를 남기고 싶었다. 그래서 나라에서 가장 유명하다는 화가들을 불러 초상화를 그리게 했다. 화가들은 자신의 그림 실력을 맘껏 발휘하며 나름대로 장군을 멋있게 그렸다. 그러나 장군은 화가들이 그린 그림을 보고 매우 못마땅하게 여겼다. 어떤 화가는 장군의 애꾸눈을 그대로 그렸다. 장군은 자신을 애꾸눈 그대로 그린 그림이 싫었다. 또 어떤 화가는 장군의 속마음을 나름대로 짐작해서 양쪽 모두 성한 눈을 그렸다. 장군은 자신의 눈이 애꾸인데 성하게 그린 것이 못마땅했다. 사실과 다르게 그렸기 때문이었다. 그래서 장군은 화가들에게 "너희들이 이 나라에서 가장 유명하다는 화가인데 이 정도 밖에 못 그리느냐?"며 크게 화를 냈다.

성난 장군의 모습을 보고 화가들은 벌벌 떨었다. 그곳에 있다가는 곧 죽을 수도 있기 때문에 그림 도구들을 챙겨 쏜살같이 달아났다.

장군은 자신의 모습을 마음에 들게 그려줄 화가를 다시 찾았다. 그러나 장군에 대한 나쁜 소문을 듣고 화가들은 좀처럼 나서질 않았다. 시간이 많이 흘렀다. 이제 장군은 초상화 그리는 것을 포기하려고 마음먹었다. 그때, 장군 앞에 아주 젊은 무명화가 한 명이 나타났다. 그러고는 "존경하는 장군님, 제가 장군님의 초상화를 마음에 '쏙' 들도록 그려드리겠습니다. 혹시 마음에 안 들면 저에게 큰 벌을 내리셔도 좋습니다." 하고 자신 있게 말씀드렸다. 장군은 화가가 유명하지도 않아 크게 기대를 하지 않았다. 그러나 무명 화가의 당당함을 보고는 초상화를 그리도록 허락했다. 무명 화가는 장군을 비스듬히 세워놓고 열심히 붓질했다. 시간이 적잖이 흘렀다. 무명 화가는 붓을 내려놓으면서 "장군님, 초상화가 다 완성되었습니다. 보시지요!" 장군은 그 말을 듣고는 초상화를 들여다보았다. 이윽고 장군의 입가에는 미소가 일면서 크게 만족해하는 너털웃음이 터져 나왔다. 그 무명 화가는 장군의 성한 눈 쪽의 '옆모습'

을 그렸던 것이다. 따라서 거짓으로 그린 그림도 아니고 그렇다고 보기 흉한 애꾸눈을 굳이 가린 그림도 아니었다. 솔직하게 있는 그대로 옆모습을 그린 것이었다. 장군은 무명 화가에게 후한 상을 내렸다.

무명 화가의 이 지혜로운 이야기를 읽으면서 예수님의 지혜가 떠올랐다. 예수님께서는 참으로 지혜로우신 분이었다. 성경에는 지혜로운 이야기들이 곳곳에 담겨있다. 대표적으로 간음한 여인을 율법 학자들과 바리사이들로부터 살려낸 이야기를 들 수 있다. 바리사이들이 예수님께 물었다. "모세는 율법에서 이런 여자에게 돌을 던져 죽이라고 우리에게 명령하였습니다. 스승님 생각은 어떠하십니까?" 그러자 예수님께서는 "너희 가운데 죄 없는 자가 먼저 저 여자에게 돌을 던져라."라고 말씀하셨다. 그러자 사람들이 하나둘 떠났고, 결국에는 모든 사람들이 떠났다. 그 누구에게도 상처를 주지 않는 예수님의 이런 지혜를 배워야 한다.

아우슈비츠의 성인

제2차 세계대전이 한창이던 1941년 5월에 한 신부가 아우슈비츠로 끌려갔다. 그곳은 나치 독일이 폴란드에 세운 악명 높은 유대인 수용소였다. 신부는 수감자들과 함께 강제노동과 구타 그리고 굶주림에 시달렸다. 하루에 한 번 나오는 작은 빵을 배고픈 사람들과 함께 나누었고, 수감자들에게 고해성사를 주었다. 그러던 어느 날, 11번 감방에서 한 사람이 탈출했다. 수용소에는 잔인한 규칙이 있었는데 한 명이 탈출하면 같은 감방에 있던 열 명을 아사(餓死) 감방으로 보내 굶겨 죽이는 것이었다. 수용소 소장은 열 명을 지명했다. 그중엔 폴란드 사람한 명이 포함되어있었다. 그는 "살려주세요! 내겐 부모님과 처자식이 있습니다!"라고 울부짖었다. 그때 죄수 번호 '16670'이 앞으로 나섰다. "나를 저 사람 대신 처형시켜 주시오! 나의 죽음을 슬퍼할 사람은 아무도 없소. 그러나 저 사람에게는 가족이 있소." 그가 바로 콜베 신부였다. 소장은 이를 받아들였다.

콜베 신부가 어렸을 때, 어머니는 신비한 꿈 이야기를 들려주었습니다. 성모님께서 나타나 콜베의 머리 위에 흰색 왕관과 붉은색 왕관을 씌워주었다는 것이다. 가톨릭에서 흰색은 순결, 붉은색은 순교를 뜻한다. 이 이야기를 들은 콜베는 성직자가 되기로 결심한다. 그래서 로마로 유학 가 스무 살 조금 넘은 나이에 신학박사 학위를 받았다. 그 후 폴란드에서 사목활동을 하면서 국민들로부터 존경받는 지도자가 되었다. 그런데 수많은 유대인을 수도원에 숨겨준 것이 발각되어 독일 비밀경찰에게 체포되었다. 그래서 이곳 죽음의 수용소 아우슈비츠에 갇히게 된 것이다.

아사 감방엔 죽음의 그림자가 차례로 드리워졌다. 사람들은 2주일 동안 물 한 모금 빵 한 조각 먹지 못하고 죽어갔다. 그런 극한 상황에서도 콜베 신부는 그들의 손을 붙잡고 기도했다. 모두 굶어 죽고 콜베 신부만 남았다. 소장은 콜베 신부를 빨리 죽이려고 의무실로 데려가 독극물 주사를 놓았다. 콜베 신부는

"주님, 저를 거두어 주옵소서."라는 짧은 기도를 드리고는 하느님 곁으로 갔다. 콜베 신부는 1982년 요한 바오로 2세 교황에 의해 시성되었다. 프란치스코 교황은 폴란드 크라쿠프 세계청소년대회에 참석했다가 아우슈비츠 수용소를 방문했다. 콜베 신부가 수감됐던 11번 감방을 찾아가 깊은 침묵 속에 기도를 드렸다.

"사랑에는 두려움이 없습니다."(1요한 4,18)

용의 눈동자

옛날에 무척이나 유명한 화가가 있었다. 그가 그린 동물은 실제와 똑같아서, 마치 살아 움직이듯 했다. 어느 날, 화가는 절의 벽에 용을 그리게 되었다. 용의 모습이 거의 그려졌다. 그러자 갑자기 바람이 불기 시작하고 검은 구름이 몰아치더니 용이 하늘로 날아오르려고 하였다. 화가는 서둘러 용의 몸에 자물쇠를 그려 넣었다. 그제야 용은 가만히 있었다. 화가는 또 다른 절에 그림을 그리게 되었다. 동쪽 벽에 독수리 한 마리를 그렸고, 서쪽 벽엔 꾀꼬리 한 마리를 그렸다. 그러자 다른 새들이 그곳으로 날아와 둥지를 틀었다. 화가의 뛰어난 솜씨는 더욱 유명해졌다. 그렇지만 사람들은 뜬소문이라며 믿지 않았다.

어느 날, 화가가 어떤 큰 절에 용을 그린다는 소문이 돌았다. 사람들은 몰려와서 자기 눈으로 직접 화가의 놀라운 실력을 확인하려 했다. 화가는 큰 붓을 힘차게 휘두르며 용 네 마리를 그렸다. 그런데 이상하게 용마다 눈을 그려 넣지 않았다. 사람들이 궁금해서 물었다. "눈은 왜 그리지 않는 거요?" 화가가 대답했다. "눈은 가장 중요한 곳입니다. 만약 눈을 그리면, 그림 속의 용은 생명을 얻어 하늘로 날아가 버릴 것입니다. 그래서 눈을 그려 넣지 않은 것입니다." 사람들은 어떻게 그런 일이 일어나겠느냐 하면서 눈동자를 그리라고 마구 재촉했다. 화가는 할 수 없이 붓을 들어 네 마리 용 가운데 두 마리에게 눈동자를 그려 넣어 주었다. 그러자 갑자기 하늘에서 번개가 번쩍이고 천둥소리가 요란하게 울려 퍼지더니 두 마리의 용이 꿈틀거리며 벽을 뚫고 나와 하늘로 날아올라 갔다.

이 이야기는 그 유명한 '화룡점정(畫龍點睛)'에 대한 고사이다. 크리스천에게 용의 눈동자는 바로 신앙의 핵심으로 삼고 있는 '십자가'라고 생각한다. 크리스천은 십자가를 삶의 중심에 모시고 살아가는 사람들이다. 우리에게 주어진 십자가를 '기꺼이' 받아들인다면 우리는 용이 되어 하늘로 날아올라 갈 수 있을 것이다. 십자가의 힘은 우리가 상상할 수 없을 정도로 크고 위대하다. 프란치스코 교황이 한국방문을 마치면서 명동주교좌 성당에서 힘주어 한 말이 생각난다.

"그리스도 십자가의 힘을 믿으십시오!"

마지막 잎새

미국 워싱턴 광장 근처에 있는 그리니치 빌리지는 가난한 예술가들이 모여 사는 마을이다. 그곳 벽돌집 꼭대기에 화가를 꿈꾸는 소녀가 살고 있었다. 그 소녀는 차가운 가을바람에 그만 급성 폐렴에 걸리고 말았다. 몸은 걷잡을 수 없이 나빠져 죽음의 그림자가 소녀를 감싸고 있었다. 소녀는 창문 밖을 내다보며 죽을 날만 세고 있었다. "열둘, 열하나, 열, 아홉 …" 창문 밖의 벽에는 담쟁이덩굴이 붙어있었다. 휘몰아치는 세찬 바람에 잎들이 마구 떨어져 나갔다. 이제 다섯 개의 잎만 남았다. 소녀는 '마지막 잎새가 떨어지면 나도 죽게 될 거야.'라며 슬픈 생각을 했다.

그 벽돌집 아래층에는 늙은 화가가 홀로 살고 있었다. 그 화가는 걸작 그림을 그리는 것이 소원인데 그 꿈을 한 번도 이루지 못했다. 화가는 담쟁이덩굴의 남은 잎새만 바라보며 죽을 날만 기다리고 있다는 소녀의 안타까운 소식을 들었다. 바로 그날 밤, 비는 밤새도록 내렸고, 사나운 바람도 세차게 불어댔다. 이튿날 아침, 소녀는 이젠 자신의 생명도 끝났다고 생각하며 창문을 열었다. 당연히 간밤의 세찬 비바람에 몇 개 남지 않은 담쟁이 잎들이 모두 떨어져 나갔을 것이라 생각했다. 그런데 벽에는 잎새 하나가 꼼짝 않고 매달려 있었다. 기적 같은 일이었다. 그 순간, 소녀는 어떻게 해서든지 살아야겠다고 다짐했다. 그 마지막 잎새가 소녀를 살려낸 것이다. 그런데 그 마지막 잎새는 바로 늙은 화가가 밤새도록 휘몰아치는 세찬 비바람을 맞아가며 그린 그림이었다. 결국 늙은 화가는 급성 폐렴에 걸려 세상을 떠났다.

오 헨리의 단편소설 「마지막 잎새」에 나오는 이야기이다. 그 늙은 화가는 자신을 쓸모없고 부담스러운 존재라고 생각하며 살고 있었는데 그 소녀의 이야기를 전해 듣고는 자신이 죽어가는 한 생명을 살릴 수 있다는 생각을 갖게 된 것이다. 그러고는 자신의 생명을 하느님께 기쁘게 봉헌한다는 마음으로 세찬

비바람을 맞아가며 최초이자 최후의 걸작을 완성해 낸 것이다. 이렇듯 아름다운 희생은 꺼져가는 한 생명을 기적과 같이 살려낸다. 우리가 짊어져야 할 십자가 가운데 가장 훌륭하고 거룩한 십자가는 주님께서 우리와 의논하지 않고 정해주시는 십자가라고 한다. 우리 신앙인들이 새겨들어야 할 말이다.

이천 년 전에 이냐시오 성인이 말했다. "나는 그리스도의 밀이다. 그러므로 나는 하느님의 맞갖은 빵이 되도록 사자의 이빨에 갈려 곱게 가루가 되어야 한다."

창문 밖 풍경

어느 날, 고치기 힘든 중병에 걸린 한 남자가 휠체어에 실린 채로 병실로 들어왔다. 그 환자의 침대는 다른 환자가 누워 있는 창문 옆 침대의 바로 옆자리에 놓이게 되었다. 곧 두 사람은 친구가 되었다. 창문 옆에 있는 환자는 중병으로 누워서만 지내는 친구를 기쁘게 해주려고 창밖을 내다보며 바깥 풍경에 대해 몇 시간씩 이야기를 들려주었다.

어떤 날은 병원 건너편 공원에 있는 나무의 아름다움과 바람이 불면 나무가 얼마나 예쁜 춤을 추는지도 들려주었다. 또 다른 날에는 병원 옆을 지나가는 사람들의 멋진 모습을 자세하게 들려줘 중병에 걸린 친구는 무척이나 즐거워했다. 하지만 누워서만 지내는 환자는 시간이 지나갈수록 그 친구가 묘사하는 아름다운 풍경을 직접 볼 수 없다는 사실에 마음이 상하기 시작했다. 그러다가 결국 그 친구가 싫어졌고, 마침내는 심하게 증오하게 되었다.

그러던 어느 날 밤, 창문 옆에 있는 환자가 유난히 심하게 기침을 하더니 더 이상 숨도 쉬지 않는 것 같았다. 누워만 지내던 환자는 도움을 청하기 위해 긴급호출 버튼을 눌러야 하는데 누르지 않고 심하게 기침하는 그 고통스런 모습을 묵묵히 지켜보기만 했다. 창밖의 풍경을 그렇게 생생하게 묘사해 주어 그에게 많은 기쁨을 주었던 환자는 다음 날 아침에 죽은 것으로 밝혀졌다. 그는 침대에 실려 병실 밖으로 나갔다.

누워 있던 환자는 재빨리 간호사에게 자기 침대를 창가 쪽으로 바꿔 달라고 부탁했다. 그의 요청대로 침대는 창가 쪽으로 옮겨졌다. 그리고 창가로 오자마자 창밖을 내다보았다. 그는 창밖을 내다보고는 커다란 충격에 빠졌다. 창밖에는 공원과 나무는커녕 황량한 벽돌담만 있었다. 창가에 있던 친구는 중병에 걸려 고통 받고 있는 친구를 생각해서 이 세상에 없는 상상 속의 아름답고 멋진 풍경을 만들어 내서 그 친구에게 들려

주었던 것이다. 얼마나 아름답고 따뜻한 이야기인가?

얼마 전에 읽었던 성경 말씀이 생각난다.

"우리는 하느님의 작품입니다. 우리는 선행을 하도록 그리스
도 예수님 안에서 창조되었습니다. 하느님께서는 우리가 선
행을 하며 살아가도록 그 선행을 미리 준비하셨습니다."(에페
2,10)

크리스마스 선물

1달러 87센트가 전부였다. 아내는 낡은 침대에 엎드려 엉엉 울었다. 남편의 한 달 수입은 20달러밖에 안 되었다. 내일이 크리스마스이다. 사랑하는 남편에게 선물을 사주려고 그동안 돈을 모았는데 고작 1달러 87센트밖에 되지 못했다. 울음을 그치고 거울을 보았다. 거울 속에는 아름다운 갈색 머리채가 있었다. 이들 젊은 부부에게는 소중히 여기는 물건이 두 개 있었다. 하나는 남편이 아버지에게서 물려받은 금시계이고, 다른 하나는 아내의 갈색 머리채였다. 아내는 두 뺨에 분을 바르고 집을 나섰다.

큰길 가에 머리용품점이 있었다. 문을 열고 들어섰다. 그녀는 주인에게 자신의 갈색 머리채를 보여주며 사겠냐고 물었다.

주인은 머리채를 보더니 20달러 주겠다고 했다. 그녀의 아름다운 갈색 머리채는 사정없이 잘렸다. 그녀의 손에 20달러가 쥐어졌다. 남편에게 줄 선물을 사려고 모든 가게를 돌아다녔다. 드디어 한 가게에서 똑같은 물건을 찾았다. 그것은 백금 시곗줄이었다. 그녀는 기쁜 마음으로 21달러를 지불했다. 남편의 시계에 이 줄을 단다면 이제부터 남편은 떳떳하게 시계를 꺼내 볼 수 있을 것이란 생각에 뿌듯했다. 그동안 남편은 낡은 가죽끈을 시계 줄로 사용하고 있어서 시계를 몰래 꺼내 보곤 했다. 아내는 그것이 못내 가슴 아팠다.

집으로 돌아온 아내는 머리를 손질했다. 남편이 돌아올 시간이 되었다. 커피도 끓이고 고기도 한 토막 구웠다. 아내는 "오오 하느님, 남편이 저를 보고 여전히 예쁘다고 생각하게 해주세요." 하고 빌었다. 남편의 발걸음 소리가 들렸다. 이윽고 문이 열리고 남편이 들어왔다. 남편은 아내를 멍하니 쳐다보았다. 아내가 말했다. "여보, 저를 그런 눈으로 쳐다보지 마세요. 당신에게 선물을 드리려고 머리채를 잘랐어요. 여보, 저에게 '메리 크리스마스!' 하고 말해주세요." 남편은 아내를 깊이 껴안았다. 그러고는 주머니에서 선물을 꺼냈다. 아내는 포장지

를 끌렀다. 곧바로 '아아!' 하는 기쁨의 탄성과 함께 눈물 섞인 통곡 소리가 터져 나왔다. 선물은 바로 아내가 오래전부터 갖고 싶어 하던 거북이 등으로 만든 빗이었다. 그 빗은 너무 비싸서 엄두도 못 냈다. 그런데 그 귀한 빗을 갖게 되었지만 정작 머리채는 없었다. 아내는 준비한 백금 시곗줄을 내보이며 남편에게 시계를 꺼내 보라고 했다. 남편은 머뭇거렸다. 그러더니 "당신에게 빗 사줄 돈을 구하기 위해 난 시계를 팔았어요." 하고 말했다.

오 헨리의 「크리스마스 선물」에 있는 이야기이다. 크리스마스 선물을 주고받게 된 것은 동방박사들이 구유에서 태어난 아기 예수님에게 선물을 가져다드린 것에서 비롯되었다고 한나. 난 이번 성탄절에 아기 예수님께 어떤 선물을 드려야 할까?

크리스마스 캐럴

스크루지의 오랜 동업자이자 친구이던 말리가 죽었다. 둘은 엄청난 구두쇠였다. 그로부터 몇 년이 지난 크리스마스 전날 저녁이었다. 날씨는 몹시 추웠다. 스크루지 사무실은 살을 에는 듯했다. 난로에는 석탄 한 조각밖에 없었다. 조카가 문을 열고 들어왔다. 삼촌에게 크리스마스를 축하한다며 저녁 식사에 초대했다. 그러자 스크루지는 '크리스마스가 무슨 소용이 있냐!'며 고함을 냅다 질렀다. 고아와 노인들을 도와 달라는 자선단체 사람들의 요청도 차갑게 거절했다. 스크루지는 퇴근 후 집으로 돌아왔다. 늦은 밤, 시계 종이 큰소리로 울렸다. 지하실에서 '드르륵' 소리가 났다. 이윽고 말리 유령이 무거운 쇠사슬에 휘감긴 채 나타났다. 스크루지는 무서웠다. 말리 유령은 스크루지에게 밤마다 세 유령이 나타날 것이라고 말하고는 사라졌다.

자정이 되자 정말 과거의 유령이 나타났다. 유령은 스크루지를 끌고 다니며 이곳저곳을 보여주었다. 스크루지가 어린 시절 살았던 평화로운 마을의 모습, 친구들에게 따돌림받았던 불쌍한 모습, 마음이 착했던 여동생의 모습, 약혼녀가 실망하며 떠나는 슬픈 모습을 보여주었다. 스크루지는 후회의 눈물을 흘렸다. 이튿날 밤엔 현재의 유령이 나타났다. 또다시 스크루지는 유령에 이끌려 다녔다. 자신의 가게에서 일하는 가난뱅이 크래칫이 가족과 함께 크리스마스이브에 스크루지를 위해 축복의 기도를 드리는 모습, 조카가 삼촌의 건강을 가족과 함께 비는 모습도 보았다. 스크루지는 고마움의 눈물을 흘렸다. 마지막 날 밤엔 미래의 유령이 나타났다. 유령은 온몸에 까만 천을 덮고 있었다. 스크루지는 무서웠다. 유령은 스크루지를 사람이 죽은 곳으로 데려갔다. "구두쇠 영감이 드디어 죽었다."는 말도 들렸고, "더 천벌을 받고 죽었어야 한다."는 말도 들렸다. 마치 자기를 두고 하는 말 같았다. 유령은 누더기 천을 뒤집어쓴 시체를 보여주었고, 바로 묘지로 데려갔다. 묘지에는 '스크루지'라고 적혀 있었다. 스크루지는 유령을 붙들고 울며 애원했다. "저는 진심으로 크리스마스를 축하하고, 그 마음을 일 년 내내 간직하겠습니다. 이제부터는 과거, 현재, 미래를 모두 생각하며 착하게 살겠습니다. 제발 묘지에 새겨진 제 이름을 지워주세요." 그러자 유령이 사라지면서 성당의 종소리가 들렸다.

스크루지는 깨어났다. 자신이 살아있음에 너무나 기뻤다. 마치 다시 태어난 기분이었다. 창가로 달려가 문을 활짝 열었다. 오늘이 바로 크리스마스였다. 거리엔 크리스마스 캐럴이 울려 퍼졌다. 스크루지는 큰 칠면조를 사서 종업원 크래칫 집으로 보냈다. 그리고 고아와 노인들을 위해 거액의 기부금도 냈다. 또한 조카 집으로 가서 크리스마스 저녁을 함께 기쁘게 보냈다. 이튿날 아침, 크래칫이 출근하자 스크루지가 말했다. "크리스마스를 진심으로 축하하네. 기념으로 월급을 두 배로 올려주겠네. 자 얼른 불을 피우게!" 찰스 디킨스의 「크리스마스 캐럴」에 나오는 이야기이다.

"자선은 사람을 죽음에서 구해 주고 암흑에 빠져들지 않게 해 준다."(토비 4,10)

어릿광대의 진실

미국 동부의 어느 마을에서 일어난 일이다. '조이'란 남자는 서커스단에서 관객을 웃기는 어릿광대였다. 그에게는 입안에 쏙들어가는 작은 하모니카로 소리를 내어 사람들을 기쁘게 해주는 재주가 있었다. 남을 즐겁게 해주는 직업을 가졌지만 괴로움이 있었다. 외아들 '루이'를 기숙사 학교에 맡겨야 하는 괴로움과 결혼을 청하는 '수잔'에게 자신의 직업을 숨겨야 하는 괴로움이 바로 그것이었다. 예전에 수잔에게 자신을 세일즈맨이라고 소개했었다. 이제 수잔을 만나 사실 얘기를 하고 청혼하기로 굳게 마음먹었다. 그래서 기차를 타고 수잔이 사는 마을로 왔다. 조이를 만난 수잔은 루이를 만난 다음에 결혼을 하자고 했다. 루이가 새엄마를 좋아해야 행복한 가정을 꾸릴 수 있다고 생각했기 때문이었다.

그래서 둘은 차를 타고 루이가 다니는 학교를 찾아갔다. 조이가 아들 루이를 만나 이런저런 이야기를 나누기 시작하자 갑자기 아이들이 모여들었다. 조이는 그 이유를 몰랐다. 그래서 루이에게 물었더니 "우리 아빠는 서커스단의 유명한 어릿광대인데, 입안에 쏙 들어가는 하모니카로 노래한다."고 자랑했다는 것이었다. 아이들은 "어릿광대 아저씨, 그 하모니카를 불어주세요."라고 소리쳤다. 수잔은 그 '어릿광대'라는 말을 듣고는 "조이, 당신은 나를 속였군요."라고 흐느끼며 그 자리를 떠났다. 아이들의 재촉에 조이는 하모니카를 입안에 넣어 노래를 불렀다. 아이들은 무척이나 재미있어했다. 하지만 조이는 마음속으로 흐느껴 울었다.

그날 밤에 조이는 수잔에게 편지를 썼다. 우선 직업을 속인 것에 대해 용서를 빌었다. 그러나 속이려고 한 것이 아니고 진실을 말하려고 했는데 기회를 놓치게 되었다고 했다. 그러면서 모든 것을 수잔의 결정에 따르겠다고 하면서 한 가지 덧붙였다. "이 편지를 받는 다음 날, 나와 루이가 탄 기차는 당신의 마을을 오후 2시경에 지나갈 것입니다. 만약 당신이 날 용서해 준다면 기차 정거장에 있는 참나무에 빨간 리본을 달아주세요. 빨간 리본이 달려 있으면 내려 당신에게 달려갈 것이고 없으면 당신의 행복을 빌면서 그냥 지나가겠습니다."

이틀 후에 조이는 아들 루이를 데리고 기차를 탔다. 기차는 달리기 시작했고, 기차가 속도를 낼수록 입술은 마르고 애가 탔다. 드디어 기차가 수잔이 사는 마을 정거장에 도착했다. 심장은 쾅쾅 뛰었다. 조이는 가슴을 억누르면 차창 밖을 내다보았다. 순간, 조이는 깜짝 놀라고 말았다. 차창 밖 참나무에는 빨간 리본이 매달려 펄럭이고 있었다. 그뿐만 아니라 정거장에 있는 모든 나무에 온통 빨간 리본이 매달려 바람에 휘날리고 있었다.

"주님께서 여러분을 용서하신 것처럼 여러분도 서로 용서하십시오"(골로 3,13)

마르첼리노의 기적

스페인의 어느 산골 수도원에서 일어난 일이다. 수도원 문 앞에 한 갓난아기가 버려져 있었다. 수사님들은 아기를 데려와 열심히 돌보고 키웠다. 어느덧 아기는 무럭무럭 자라 여섯 살이 되었다. 꼬마의 이름은 마르첼리노였고, 무척이나 개구쟁이였다. 수사님은 다락방에는 절대로 올라가서는 안 된다고 단단히 일렀다. 그렇지만 마르첼리노는 다락방 안이 무척이나 궁금했다. 그래서 몰래 계단을 통해 다락방으로 들어갔다. 방에는 처음 보는 이상한 물건들로 가득 차 있었다. 그런데 방안에 또 다른 문이 있었다. 그 문을 가만히 열고 들여다보았다. 컴컴한 방에는 가시관을 쓰신 채 십자가에 고통스럽게 매달려 계신 예수님이 보였다. 그 모습이 너무나 무서워서 그만 뛰쳐나왔다.

그러던 어느 날, 마르첼리노는 예수님을 다시 보고 싶은 생각이 들었다. 그래서 수사님에게 들키지 않으려고 신발을 벗고는 가만히 그 무서운 다락방으로 올라갔다. 예수님은 이마에 가시관을 쓰신 채 고개를 떨구셨고, 기운이 하나도 없어 보였다. 예수님이 무척이나 불쌍하다는 생각이 들었다. 그래서 주방으로 쏜살같이 내려가 빵 한 조각을 들고 와서는 예수님께 내밀었다. 그랬더니 예수님께서 십자가에서 오른손을 내리시더니 그 빵을 받으셨다. 마르첼리노는 무척이나 기뻤다. 마르첼리노는 예수님께서 이마의 가시관 때문에 아프신 것 같아 두 손을 올려 가시관을 벗겨드렸다.

마르첼리노가 다락방에 올리 다닌다는 것을 주방 수사님이 눈치챘다. 수사님은 주방에서 빵을 갖고 다락방으로 올라가는 마르첼리노를 몰래 따라갔다. 다락방 문밖에서 마르첼리노와 예수님이 나누는 이야기를 엿들었다. 예수님께서 "네 소원이 무엇이냐?" 물으셨다. 마르첼리노는 "엄마가 보고 싶어요." 대답했다. 그 말을 들으신 예수님께서는 두 팔로 마르첼리노를 따뜻하게 안아주셨다. 수사님은 살아 계신 예수님을 몰래

보고는 너무 놀라 가슴이 뛰고 숨이 막혔다. 다른 수사님들도 이런 사실을 알고는 모두 몰려 왔다. 그러고는 문틈으로 들여다보았다. 그런데 십자가에 예수님이 계시지 않았다. 수사님들은 잠시 머뭇거리더니 문을 열고 들어갔다. 그랬더니 예수님께서는 십자가에 예전의 모습으로 매달려 계셨다. 그리고 십자가 밑 나무 의자에는 마르첼리노가 잠자듯이 누워있었다. 예수님께서 십자가에서 내려와 마르첼리노의 소원을 들어주신 것이다. 예수님은 마르첼리노를 어머니가 계신 하늘나라로 데려가신 것이다.

"내가 진실로 너희에게 말한다. 너희가 회개하여 어린이처럼 되지 않으면, 결코 하늘나라에 들어가지 못한다."(마태 18,3)

가난한 곡예사의 봉헌

한 가난한 난쟁이 곡예사가 있었다. 그가 할 수 있는 재주는 거꾸로 물구나무를 서서 발가락으로 접시를 돌리는 일이었다. 그는 길거리에서 재주를 부리며 먹고 살았다. 그런데 나이가 점차 들다 보니 몸도 아프고 거꾸로 물구나무서서 접시를 돌리는 일도 무척이나 힘들었다. 그만두고 싶은 마음이 간절했다.

그러던 어느 날, 어떤 신부님이 길거리를 지나가다가 물구나무서서 발가락으로 접시를 힘겹게 돌리고 있는 난쟁이의 모습을 보았다. 발에서 접시가 자꾸 떨어졌다. 구경하는 사람들은 야유를 퍼부었고, 동전도 던지지 않았다. 이러한 모습을 지켜본 신부님은 안타까운 마음이 들었다. 그래서 그 난쟁이 곡예사를 성당으로 데려왔다. 성당 심부름 일을 하며 살아가도록

269

하기 위해서였다. 신부님은 미사 시간에 "자신의 재능을 주님께 기쁜 마음으로 봉헌하면 주님께서 무척 기뻐하십니다."라는 요지의 강론을 하였다. 곡예사는 이 말씀을 마음속에 깊이 간직했다. 그러고는 결심했다. "그렇다! 내가 가장 잘할 수 있는 일은 물구나무서서 접시를 돌리는 일뿐이다. 이것으로 주님을 기쁘게 해드리자."

난쟁이 곡예사는 남들이 보지 않는 새벽마다 일찍 일어나 성모상 앞에 가서 물구나무서서 발가락으로 열심히 접시를 돌렸다. 그런데 하루는 성당 관리인이 새벽에 청소하러 왔다가 곡예사가 성모상 앞에서 요상한 재주를 부리는 것을 보고는 놀랐다. 그래서 사제관으로 달려가 신부님에게 일러바쳤다. 신부님은 다음 날 새벽에 몰래 숨어서 지켜보았다. 곡예사가 성모상 앞으로 오더니 무릎을 꿇고는 "성모님, 제가 성모님께 드릴 수 있는 재주는 오직 이것뿐입니다. 기쁘게 받아주세요."라고 기도드렸다. 그러고는 물구나무서서 발가락으로 접시를 돌리기 시작했다. 무척 열심히 돌렸다. 얼굴에서는 땀이 비 오듯 했다. 이 모습을 지켜본 신부님은 화가 났다. "어떻게 성모님 앞에서 저런 장난질을 할까!"

신부님은 장난질하는 곡예사를 혼내주려고 자리에서 벌떡 일어섰다. 그 순간, 기적이 일어났다. 놀랍게도 성모님께서 성모상에서 내려오셨다. 난쟁이 곡예사에게 다가가셔서 푸른 옷자락으로 이마에 흐르는 땀을 닦아주셨다. 그러고는 말씀하셨다. "네가 나를 위해 물구나무서서 접시를 돌려주니 정말 기쁘구나." 그 장면을 지켜보던 신부님은 무릎을 꿇고 성모님께 용서를 빌었다.

"우리의 모후, 우리의 어머니, 어머니께 저를 바치나이다."

행복한 왕자

도시 높은 곳에 '행복한 왕자' 동상이 서 있다. 동상은 금으로 덮여 있고, 두 눈에는 푸른 사파이어가 박혀 있다. 칼자루에는 빨간 루비가 반짝였다. 마을 사람들은 동상을 무척 사랑했다.

어느 날. 작은 제비가 하룻밤 쉬어가기 위해 동상 밑에 내려앉 았다. 잠을 자려는데 물방울이 떨어졌다. 놀라 위를 쳐다보니 왕자가 눈물을 흘리고 있었다. "왜 우시는 거죠?" 제비가 묻자 왕자가 대답했다. "저 가난한 집에 엄마와 아이가 살고 있어. 아이는 병으로 앓아누웠어. 그런데 오렌지를 먹고 싶어 해. 하 지만 먹을 것이라곤 물뿐이야. 내 칼자루에 박힌 루비를 빼내 저 엄마에게 갖다 주렴." 제비는 부리로 루비를 빼냈다. 그리 고 그 집으로 날아가 전해주었다.

왕자가 제비에게 또 부탁했다. "다락방에 있는 청년이 작품을 쓰고 있는데 너무 춥고 배고파하다가 그만 쓰러졌어. 내겐 두 눈이 있어. 그중 하나를 빼내 갖다 주렴." 제비는 한쪽 사파이어 눈을 빼내 날아갔다. 잠에서 깬 청년은 보석을 발견하곤 기뻐 소리쳤다. "이제 작품을 끝낼 수 있게 되었어!"

왕자가 또 부탁했다. "광장 아래 성냥 파는 소녀가 있어. 성냥이 하수구에 빠졌어. 집에 가면 아버지에게 매 맞을 거야. 그래서 울고 있어. 나머지 한쪽 눈을 빼내 갖다 주렴." 제비는 다른 한쪽 눈까지 빼내 날아가 소녀의 손바닥에 떨어뜨려 주었다. 소녀는 사파이어 보석을 받고는 무척이나 기뻐했다.

제비는 도시를 돌다가 가난한 아이들이 배고픔과 추위에 떨고 있는 모습을 보았다. 제비로부터 그 얘기를 들은 왕자가 말했다. "내 몸에 붙어 있는 금을 모두 떼어내 가난한 사람들에게 나누어 주렴." 제비는 왕자의 몸에서 금을 모두 떼어냈다. 왕자의 몸은 이내 회색이 되었다. 제비는 떼어낸 금 조각들을 물고는 가난한 사람들에게 모두 나누어 주었다. 제비는 기운이 다 빠져 곧 죽게 되었다. 그래서 마지막으로 왕자에게 입을 맞추고는

발밑에 떨어져 죽었다.

다음 날 아침, 사람들이 흉한 모습의 동상과 죽은 제비를 보았
다. 쓸모없게 된 동상을 끌어내려 용광로에 집어넣었다. 용광
로 불이 활활 타올랐지만 왕자의 심장은 녹질 않았다. 사람들
은 왕자의 심장을 죽은 제비가 잠들어 있는 쓰레기 더미에 버
렸다.

하느님께서 천사에게 말씀하셨다. "저 도시로 가서 가장 소중
한 것을 두 개만 가져오너라. 그들은 나와 함께 낙원에서 살리
라." 천사는 왕자의 심장과 죽은 제비를 가져왔다. 오스카 와
일드의 단편소설 『행복한 왕자』에 나오는 이야기이다.

"꾸준히 선행을 하면 영원한 생명을 얻습니다."(로마 2,7)

사슴의 뿔과 다리

어느 숲속에 사슴 한 마리가 살고 있었다. 사슴은 물을 마시려고 호숫가로 내려왔다. 물속에 비친 자기 모습을 보았다. 뿔이 너무나 멋있게 보였다. 커다란 뿔이 자랑스러웠다. 자기의 모습을 이리저리 비춰보다가 가늘고 긴 다리가 눈에 띄었다. "내 뿔은 이렇게 크고 멋있는데, 어쩌면 내 다리는 가늘고 못생겼을까? 하느님도 불공평하시지." 이렇게 사슴은 자신의 길고 가느다란 다리를 못마땅하게 생각했다.

그때 호숫가에 갑자기 사자가 나타났다. 사슴을 잡아먹으려고 달려들었다. 깜짝 놀란 사슴은 있는 힘을 다해 도망쳤다. 한참이나 도망친 사슴은 사자를 가까스로 따돌리고, 숲속으로 들어왔다. 숨을 곳을 이리저리 찾았다. 그러다가 그만 뿔이 나뭇가지에 걸리고 말았다. 커다란 뿔을 빼내려고 애를 썼지만, 단단히 걸려서 빠지질 않았다. 뿔을 빼내려고 몸부림을 치자 나뭇가지가 마구 흔들리며 요란스럽게 소리가 났다. 사자는 이 소리를 듣고, 금방 찾아 왔다. 사자는 사슴을 물려고, 무섭게 덤벼들었다. 다급해진 사슴은 자기도 모르게 뒷다리로 펄쩍 뛰었다. 그러자 커다란 뿔이 부러지면서 몸이 간신히 빠져나왔다. 사자가 못 쫓아 올 정도로 뛰고 또 뛰었다. 이제 사자는 보이질 않았다. 숨이 차고 목이 말랐다. 저 아래 연못이 보였다. 그곳으로 내려갔다. 물을 마시려다 물속에 비친 자신의 모습을 보았다. 그렇게 자랑스럽게 여겼던 뿔은 볼품없이 부러져 있었고, 그렇게 못마땅하게 생각했던 가늘고 긴 다리는 정말 자랑스럽게 보였다. 결국 사슴의 목숨을 살린 것은 잘생긴 뿔이 아니라 못생긴 다리였다.

이솝우화에 나오는 이야기이다. 우리도 세상을 살아가면서 사슴처럼 자랑스럽게 생각하는 '잘생긴 뿔'이 있을 것이고, 부끄럽게 생각하는 '못생긴 다리'가 있을 것이다. 잘생긴 뿔은 돈, 권력, 명예, 학력, 자식, 건강일 수도 있고 못생긴 다리는 그와 정반대되는 것일 수도 있다. 하늘나라의 잣대는 이 세상의 잣대와는 전혀 다르다. 우리가 이 세상을 살아가면서 세상의 일보다는 하늘나라의 일을 더 많이 생각하고 행한다면 사슴의 뿔과 다리처럼 "첫째가 꼴찌가 되고 꼴찌가 첫째가 되는"(마태 19,30) 놀라운 기적이 일어날 것이다.

사람은 무엇으로 사는가

러시아 어느 시골에 가난한 구두장이가 살고 있었다. 매섭게 추운 겨울날이었다. 그들 부부는 양가죽 외투를 입는 것이 소원이었다. 그래서 남편은 양가죽을 사러 마을로 내려가다가 한 벌거숭이 남자가 교회 벽에 기대앉은 모습을 보았다. 순간 무서운 생각이 들어 그냥 지나치려 했다. 그런데 양심상 그냥 갈 수가 없었다. 얼른 외투를 벗어 입혀주고는 집으로 데려왔다. 아내는 속옷 차림의 남편과 외투 입은 낯선 사람을 보고 기가 막혀 마구 화를 냈다. 이에 남편은 "당신에겐 하느님도 없소?"라고 말했다. 이 말에 아내는 정신이 번쩍 들어 낯선 남자에게 잘 해주어야겠다고 생각하고 따뜻한 저녁 식사를 마련했다. 남편의 이름은 시몬이고 낯선 남자의 이름은 미하일이었다. 시몬은 미하일에게 구두 수선일을 가르쳤다.

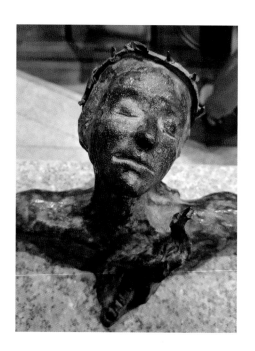

일 년이 지나갔다. 어느 날, 화려한 마차가 가게 앞에 서더니 큰 몸집의 부자 나리가 내렸다. 그러곤 최고급 가죽을 내놓으며 최고로 멋진 구두를 만들라고 지시하곤 가버렸다. 미하일은 나리의 구두를 열심히 만들었다. 그런데 만든 것은 구두가 아니라 슬리퍼였다. 이를 본 시몬은 경악했다. 바로 그때, 나리의 하인이 가게 문을 열고 들어와서는 "주인님이 갑자기 돌아가셨어요. 마님께서 구두를 만들지 말고 슬리퍼를 만들어 오라고 하셨어요." 하며 말했다. 이에 시몬은 또 크게 놀랐다. 다시 육 년이란 세월이 흘렀다. 어느 날, 어떤 아주머니가 아이 둘을 데리고 가게로 들어왔다. 그 아주머니는 친엄마가 아니었다. 그런데도 하느님의 뜻에 따라 아이들을 맡아 정성껏 키웠다. 그 사랑하는 아이들에게 예쁜 구두를 맞춰주러 온 것이었다.

미하일은 이제 그 집을 떠날 생각을 하고 시몬 부부에게 말했다. "저는 천사였습니다. 그런데 하느님 말씀을 거역하여 벌받아 이곳 지상으로 내려왔습니다. 하느님께서 '세 가지 질문에 답을 얻으면 다시 하늘나라로 돌아올 수 있다.'라고 말씀하셨습니다. 그것은 '사람 안에는 무엇이 있는가? 사람에게 허락되지 않은 것은 무엇인가? 사람은 무엇으로 사는가?'였습니다." 미하일은 계속해서 얘기했다. "떨고 있던 나에게 시몬이 외투를 벗어 덮어 주었을 때, 그리고 시몬 부인이 굶주린 나에게 따뜻한 저녁밥을 지어주었을 때, 사람 안에는 '사랑'이 있다는 것을 깨달았습니다. 멋진 구두를 만들라고 한 부자의 갑작스런 죽음을 보며 사람에게 허락되지 않은 것은 '필요한 것을 아는 지식'임을 깨달았습니다. 그리고 고아인 두 아이를 친자식처럼 키운 아주머니의 모습을 보았을 때 사람은 '하느님의 뜻'에 따라 산다는 것을 깨달았습니다." 미하일은 이렇게 말을 마치곤 하늘로 올라갔다. 톨스토이의 『사람은 무엇으로 사는가』에 들어있는 내용이다.

"사랑하지 않는 사람은 하느님을 알지 못합니다."(1요한 4,8)

사흘만 볼 수 있다면

헬렌 켈러는 보지도, 듣지도, 말하지도 못하는 장애를 딛고 일어선 놀라운 사람이었다. 헬렌은 태어난 지 불과 열아홉 달 만에 심한 열병을 앓아 시력과 청력을 모두 잃었고 평생을 장애인을 위해 살았다. 헬렌은 만일 사흘만 볼 수 있다면 다음과 같은 것들을 보고 싶다고 말했다.

첫째 날에는 어린 시절, 자신에게 바깥세상을 열어 보여준 설리번 선생님의 얼굴을 오랫동안 바라보고 싶다고 했다. 그다음은 사랑하는 친구들을 모두 불러 모아 그들의 얼굴을 오래오래 들여다보고 싶다고 했다. 그리고 충직하고 믿음직한 개 두 마리의 눈동자도 가만히 들여다보고 싶다고 했다. 또한 작고 아담한 자신의 집도 돌아보며, 양탄자와 벽에 걸린 그림들 그리고 점자책들을 보고 싶다고 했다. 그리고 오후가 되면 오래도록 숲을 산책하며 자연의 아름다움에 흠뻑 취하고 싶다고 했다. 또한 흙과 함께 살아가는 농부들도 만나고 아름다운 저녁놀도 보고 싶다고 했다. 그리고 어둠이 내리면 인간이 만든 빛의 세상을 처음으로 경험하고 그 기쁨을 누리겠다고 했다.

둘째 날에는 새벽에 일어나 밤이 낮으로 바뀌는 기적을 바라보고 싶다고 했다. 그리고 뉴욕 자연사박물관을 찾아가 그곳에서 지구의 역사와 인류의 진화 모습, 공룡과 동식물 화석 그리고 인류가 사용한 도구들을 보고 싶다고 했다. 그다음에는 메트로폴리탄 미술관으로 가서 이집트와 그리스, 로마의 영혼이 녹아든 예술품을 보고 싶다고 했다. 아폴로와 비너스, 사모트라케의 날개를 펼친 승리의 여신상 그리고 미켈란젤로의 영감이 깃든 모세상, 로댕의 조각품도 보고 싶다고 했다. 그리고 저녁에는 연극 '햄릿'과 영화 한 편을 보고 발레도 구경하고 싶다고 했다.

셋째 날에는 사람들이 많이 사는 뉴욕으로 가고 싶다고 했다. 그곳의 작고 예쁜 집에서 가족들이 오순도순 행복하게 살아가는 모습을 보고 싶고, 선박들이 강을 오르내리는 모습, 모터보트가 쾌속 질주하는 모습을 보고 싶다고 했다. 또한 하늘 높이 솟아있는 고층 빌딩들 특히 가장 높은 건축물인 엠파이어 스테이트 빌딩의 꼭대기에 올라가 보고 싶다고 했다. 그리고 파크 애비뉴, 슬럼가, 공장지대, 공원 등을 둘러보며 많은 사람들과 얘기를 나누고 싶다고 했다. 이제 마지막 날 저녁에는 아주 신나는 코미디 공연 한편을 꼭 보고 싶다고 했다. 드디어 자정이 되면 사흘 동안 빛을 보게 해준 하느님께 감사드리며 다시 영원한 어둠 속으로 돌아가겠다고 말했다.

헬렌이 우리에게 말한다. "내일이면 듣지 못하게 될 사람처럼 음악과 새소리와 오케스트라의 연주를 들어보세요. 내일이면 눈이 멀게 될 사람처럼 이 아름다운 세상을 바라보세요."

"너희는 눈이 있어도 보지 못하고 귀가 있어도 듣지 못하느냐?"(마르 8,18)

더 늦기 전에

우리는 언젠가 죽습니다. 그 순간이 이제 다가왔습니다. 이제 사랑하는 분은 떠나실 준비를 합니다. 수포음이라는 가래가 많은 호흡 소리가 들리기도 하고, 몸과 얼굴은 불수의 수축이 일어나기도 합니다. 소변이 나오지 않고, 검은 눈동자가 점점 커집니다. 근육이 이완되고 호흡이 멈추고 심장이 멈추면 모든 것이 끝납니다. 이러한 임종의 단계는 힘들고 고통스러운 것이 아니므로 보호자 분께서는 안심하셔도 됩니다. 임종의 단계에서 임종까지의 시간은 사람마다 다르므로 초조해하시지 마시고, 그 순간을 기다려 주십시오. 산소포화도나 혈압 등의 모니터를 보는 것보다 환자의 손을 잡아 드리고, 이제는 영원히 볼 수 없는 얼굴을 보시는 것이 현명합니다. 연구 자료에 따르면 가장 늦게까지 남아 있는 감각이 청각입니다. 이제 곧 떠나시는 분

앞에서 좋은 말씀만 남기셨으면 합니다. 누구나 죽음은 한 번만 오는 첫 경험이자, 마지막 경험입니다. 마음과 몸이 힘드시더라도 저희 평온관 식구가 같이 위로하고 끝까지 함께 하겠습니다.(김여한, 『죽기 전에 더 늦기 전에』)

위의 글은 대구에 있는 한 의료원 임종실 벽에 걸려 있는 안내문이다. 얼마 전에 책을 읽다가 발견했다. 안내문은 죽음이 어떻게 오는지 사실적으로 보여주고 있다. 의학적으론 차가운 글이지만 따뜻한 온기가 감도는 글이기도 하다. 글을 쓴 사람은 호스피스 완화의료센터에서 암 환자를 돌보고 있는 의사이다. 위령성월에 죽음을 묵상하는데 적잖은 도움이 되는 글이다.

임종실 안내문을 읽다 보니 문득 미국의 정신과 의사로 죽음 분야 세계 최고 전문가인 엘리자베스 퀴블러 로스 박사가 세상을 떠나기 전에 남긴 말이 생각난다. 퀴블러 로스는 현재의 삶이 얼마나 소중한지 다음과 같이 들려준다.

이번 생과 똑같은 생을 다시는 얻지 못할 것입니다. 당신은 이번 생처럼, 이런 방법으로 이런 환경에서, 이런 부모, 이런 아이들, 이런 가족과 다시는 똑같은 세상을 살아가지 못할 것입니다. 당신은 결코 다시 이런 친구들을 만날 수 없습니다. 다시는 이번 생처럼 놀라운 세상을 경험하지 못할 것입니다. 생이 꺼져가는 순간에 하늘과 땅 혹은 사랑하는 사람들을 끝으로 한 번 더 볼 수 있게 해달라고 기도하지 마세요. 지금 이 순간 그들을 보러 가세요.

퀴블러 로스가 이렇게 우리에게 간곡하게 호소하는 말이 가슴에 크게 와 닿지 않는가? 사순 첫날 '재의 수요일'에 사제는 신자들 머리에 재를 얹으며 말한다. "사람은 흙에서 왔으니 흙으로 돌아갈 것을 생각하십시오." 우리가 이렇게 살아 숨 쉬고 있을 때 '그곳'으로 돌아갈 준비를 해야 한다.

"죽을 때를 무서워하기보다는 오히려 즐거워할 수 있도록, 지금 그렇게 살기를 힘써라. 지금 세상에서 죽는 것을 배우면 그리스도와 함께 살기 시작할 것이다."(『준주성범』)

앞만 보고 가는 거야

6·25 전쟁 직후, 한 아이가 있었다. 아이의 아버지는 미군 병사였고 어머니는 한국인이었다. 아이들은 그를 '튀기'라고 놀려댔다. 어떤 아이가 '튀기는 악마다! 불에 태워 죽여야 해!'라고 외치고는 그 아이의 팔에 휘발유를 부어 불을 붙였다. 아이의 팔이 활활 타올랐다. 마침 지나가던 사람이 황급히 옷을 덮어 불을 꺼주어 겨우 살아났다.

어느 날, 엄마는 아이에게 외투를 입히고 모자를 씌운 다음 어디론가 한참 데려갔다. 골목에 아이를 세운 다음 "이제부터 앞만 보고 가는 거야. 절대 뒤돌아보면 안 돼!" 아이는 엄마가 시키는 대로 한참 걸었다. 얼마 후 뒤를 돌아봤을 때 엄마는 없었다. 거리의 아이들이 달려들어 외투와 모자를 빼앗았다.

그렇게 해서 아이의 거리 생활이 시작되었다. 매일 얻어맞고, 구걸하고, 도둑질했다. 그런 생활을 하던 중에 아이는 지나가던 한 외국인 선교사에 의해 보육원으로 보내졌다. 보육원에 들어온 날이 아이의 생일이 되었다. 보육원에서도 혼혈아라는 이유로 차별과 학대를 받았다. 목욕도 맨 나중에 했고, 배식도 맨 나중에 받았다. 관리인에게 얻어맞아 머리에 피를 흘리고 쓰러진 적도 여러 번 있었다.

아이가 일곱 살 되던 해에 미국 뉴욕의 한 부부에게 입양되었다. 비행기를 처음으로 탔다. 꼬박 하루를 날아갔다. 비행기에서 내리자 한 번도 들어보지 못한 말들이 오고갔다. 그때 밝은 목소리가 들렸다. "너구나!" 새아버지였다. 새아버지는 웃으며 아이에게 장난감 지프를 선물로 주었다. 태어나서 처음으로 받아보는 장난감이었다. 그곳에서도 아이는 매일 악몽을 꾸었다. 전쟁 꿈을 꾸다가 '불이야!' 소리를 지르며 깨어나곤 했다. 아이는 커가면서 공부를 잘했다. 유명한 대학에서 심리학과 전자공학을 전공했고, 졸업 후 의료 기구를 만드는 큰 회사에 스카우트 되었다. 그 후 복강경 수술에 쓰이는 의료용 기구 만드는 회사를 직접 설립하였다. 아이는 이제 크게 성공한 기업인이 되었고, 의사들에게 강의하는 전문가가 되었다.

그는 자신을 낳아준 엄마를 찾고 싶었지만 찾지 않았다. 이유는 새로운 삶을 살고 있는 엄마를 보호해 드리고 싶었기 때문이다. 대신 해외로 자식을 입양 보내놓고 뒤늦게 자식을 찾고 싶어 하는 부모들을 위해 그들의 유전자 정보를 데이터베이스로 만들고, 반대로 부모를 찾는 입양아들을 위해 부모 유전자 정보를 찾아주는 검사 도구를 꽤 많은 돈을 들여 개발했다. 그는 앞으로도 입양아를 위한 후원 활동을 계속해 나갈 계획이다.

새아버지가 작년에 세상을 떠났다. 병석에 누워있을 때 기쁘게 해 드리려고 미국에 처음 도착하던 날 새아버지에게 받았던 장난감 자동차를 찾아서 들고 갔다. 새아버지는 그것을 보고 미소를 지으며 말했다. "너는 내 인생 최고의 선택이었고, 이건 내가 가장 잘 산 선물이었다." 이 이야기의 주인공이 말한다. "시간을 되돌리고 싶지 않습니다. 이제 이렇게 믿어요. 엄마는 그때 나를 길에 버린 게 아니었다고. 더 넓고 아름다운 세계를 향해 가는 길로 보내줬다고 말이지요." 그 골목에서 아이는 그렇게 뒤돌아보지 않고 지금껏 걸어온 것이다.

"집 짓는 이들이 내버린 돌 그 돌이 모퉁이의 머릿돌이 되었네."(마태 21,42)

우리 주 엿장수

소설가 최인호는 목 부위에 덩어리가 만져지는 것이 느껴졌다. 병원에서 검사한 결과, 침샘암으로 밝혀졌다. 그는 침샘암 때문에 병으로 앓고, 병으로 절망하고, 병 때문에 기도하고, 병으로 희망을 갖는 말할 수 없을 정도로 지독한 할례 의식을 치렀다. 그는 이 의식을 '고통의 축제'라고 했다. 침샘에 있던 암이 폐로 전이되었다. 전신 항암 요법이 시작되었다. 항암제가 너무 독해 구토가 나고, 머리가 빠지고, 손발이 저려왔다. 손톱과 살 사이에 염증이 생기고 진물이 흘러나왔고, 물 한 모금도 넘길 수가 없었다. 그는 투병 중에 우연히 피땀을 흘리며 기도하는 예수님의 모습이 떠올랐다. 예수님도 근심과 번민에 싸여 괴로워 죽을 지경이라고 고통을 호소하는데, 자신의 고통과 두려움은 당연하다는 것을 깨달았다. 그리하여 하느님께 그 유명한 '엿가락 기도'를 드렸다.

주님, 이 몸은 목판 속에 놓인 엿가락입니다. 그러하오니 저를 가위로 자르시든 엿치기를 하시든 엿장수이신 주님의 뜻대로 하십시오. 주님께 완전히 저를 맡기겠사오니 제가 그렇게 되도록 은총 내려주소서. 우리 주 엿장수의 이름으로 비나이다. 아멘.

최인호는 성당에서 행하는 성체조배와 피정을 즐겼다. 그가 다녔던 서울 서초동 성당 주임 신부는 "아픈 와중에도 매주 미사에 빠지지 않고 꼭 성체조배를 하고 갔어요. 어느 날인가는 성체조배 중에 찾아와 '신부님 성체가 고픕니다.'고 말해 성체를 모시게 한 적이 있었습니다."라고 말했다.

최인호는 다섯 해 동안 투병 생활하면서 가장 고통스러웠던 것은 글을 쓸 수 없다는 것이었다. 작가로 죽고 싶지, 환자로 죽고 싶진 않았다. 그래서 매일 탁자 위에 있는 성모님께 머리를 들이대고 막무가내식 '떼' 기도를 드렸다. 그러던 어느 날 탁자 위에서 하얀 얼룩무늬를 발견했다. 자신이 흘린 눈물 자국이었다. 옻칠한 탁자를 변색시킬 만큼 진한 눈물 자국이 포도송이처럼 맺혀 있었다.

다시 소설을 쓰기 시작했다. 항암 치료의 후유증으로 인해 손톱 한 개와 발톱 두 개가 빠졌다. 글은 원고지에 만년필로 쓰기 때문에, 빠진 손톱의 통증을 줄이기 위해 고무 골무를 손가락에 끼우고, 빠진 발톱에는 테이프를 칭칭 감았다. 그리고 구역질이 날 때마다 얼음 조각을 씹으면서 글을 썼다. 최인호는 다시 입원했다. 그리고 정진석 추기경님이 마지막 병자성사를 집전하였다. 그날 오후, 딸이 물었다. "아빠 주님 오셨어?" 다음 날 그리고 다 다음 날까지 똑같이 물었다. 그가 대답했다. "주님이 오셨다. 이제 됐다." 그리고 하느님 품에 안겼다.(최인호,『인생』)

청빈의 덕

얼마 전, 동네서점에 갔다가 우연히 『시작할 때 그 마음으로』라는 책을 발견했다. 법정 스님의 주옥같은 말씀을 제자인 현장 스님이 엮은 책이다. 첫 장을 들추었더니 스님의 카랑카랑한 목소리가 들리는 듯했다. 개신교 신자들보다 천주교 신자들이 스님을 더 좋아한다. 그래서 불일암(전남 순천 송광사 소재)에 많이들 찾아갔다. 스님은 천주교 신자들을 '천주 보살'이라 불렀다. 스님은 베네딕토 성인과 프란치스코 성인을 무척이나 존경했다. 그래서 어떤 불교 신자는 '스님은 승복만 입었지, 마음속에는 천주님을 모시고 사는 분'이라 했다. 스님은 실제로 서가 한쪽에 성모상을 모시고 촛불 공양을 올리곤 했다. 그래서 이해인 수녀는 스님을 '가톨릭 수사님' 같다고 했다. 책을 읽으면서 가슴에 크게 와 닿은 말씀이 있다. 그 말씀은 1998년 2월 24일에 법정 스님이 명동 성당에서 한 강론이다. 이는 김수환 추기경님이 길상사 개원 법회에 참석하여 축사한 것에 대한 답례형식으로 이루어졌다.

법정 스님은 강론에서 우선 성 베네딕토 수도원 규칙서 첫 장을 언급했다. 첫 장에는 '수도자는 먼저 가난해야 한다.'고 적혀있는데, 주어진 가난은 극복해야 하지만 스스로 억제하며 선택한 맑은 가난(淸貧)은 절제된 아름다움이며 삶의 미덕이라 했다. 청빈의 덕을 지니려면 다음과 같은 마음가짐이 필요하다고 했다.

우선 '따뜻한 가슴을 지녀야 한다.'고 강조했다. 사람이 많은 것을 갖고 살아가면서도 행복을 좀처럼 느끼지 못하는 것은 사람이면 꼭 지녀야 할 따뜻한 정을 잃어버렸기 때문이라는 것이다. 사람이 가슴이 아닌 머리로만 살아가게 되면 세상은 차갑고 살벌할 수밖에 없다고 한다. 그러면서 신앙은 머리에서 나오지 않고 가슴에서 나온다고 했다. 따라서 사람이 세상을 살아가면서 가장 마음에 간직해야 하는 것은 '친절한 이웃 사랑'이며, 친절은 가슴이 따뜻할 때 나오고, 따뜻한 가슴을 지녀야지만 맑은 가난(청빈)의 덕이 자라날 수 있다고 했다.

스님이 두 번째로 강조한 것은 '작은 것과 적은 것에 만족할 줄 알아야 한다.'였다. 스님은 간디를 무척이나 존경했다. 그래서 '이 세상은 우리의 생존을 위해서는 풍요로운 곳이지만 우리의 탐욕을 채우기 위해서는 궁핍한 곳이다.'라는 간디의 말을 인용해 말했다. 스님은 요즘 사람들은 물질적으로는 부족함이 없이 무척이나 풍요롭게 살고 있지만 정신적으로는 매우 궁핍하게 살아가고 있다고 했다. 그러면서 스님은 자신의 철학인 '무소유' 정신을 재차 강조했다. 무소유란 '필요한 것을 얼마나 많이 가지고 있느냐가 아니라 내가 불필요한 것으로부터 얼마만큼 자유로운가'라고 설명했다. 사람은 욕망에 이끌려 살아서는 안 되고, 필요에 따라 살아야 한다고 힘주어 말했다.

마지막으로 강조한 것은 '단순하고 간소하게 살아야 한다.'이다. 사람이 단순하고 간소하게 살아가려면 필요 없는 것들은 없애고 꼭 필요한 것만 남겨야 하는데, 사람들은 욕망을 가득 채우고도 그것도 모자라 넘쳐나는데 도무지 텅 비울 줄을 모른다고 했다. 바닥까지 텅 비워야지만 새것이 들어갈 수 있으며 그 속에서 '영혼의 메아리'가 울린다고 했다. 비워야지만 비로소 꽉 차는 충만감을 느낄 수 있다고 했다. 꽉 차는 충만감이 바로 하늘나라를 잠깐 느끼는 순간이라 했다. 그러면서 프란치스코 성인의 '가난은 우리 자신을 떨어뜨리는 것이 아니라 들어 올리는 것'이라는 말씀을 인용하여 설명했다.

스님은 가수 최희준이 부른 '하숙생' 노래를 무척이나 즐겨 불렀다. 노래 가사는 '인생은 나그네 길 어디서 왔다가 어디로 가는가 구름이 흘러가듯 떠돌다 가는 길에 정일랑 두지 말자 미련일랑 두지 말자 인생은 나그네길 구름이 흘러가듯 정처 없이 흘러서 간다.'이다. 스님은 노래 가사처럼 나그네처럼 살아야 한다고 강조했다. 나그네는 어느 곳에도 어느 것도 집착하지 않기 때문이다. 사람은 빈손으로 왔다가 빈손으로 간다는 사실을 똑바로 인식해야 한다고 했다. 하느님이 부르면 아무것도 가져갈 수 없으며 언제라도 가야 한다는 사실을 똑바로 인식하고 살아야 한다고 했다.

그리스도 폴의 강

가톨릭 시인 구상은 함경남도 원산에서 월남하여 경상북도 왜관에서 살았다. 강이 내려다보이는 곳에 작은 집을 짓고 현판을 관수제(觀水齋)라고 붙였다. '흐르는 강물을 바라보며 조용히 생각에 잠기는 곳'이란 뜻이다. 시인은 바로 그곳에서 수십 편의 연작시 '그리스도 폴의 강'을 지었다. 가톨릭 신자들은 새 차를 구입하면 성물방에서 아기 예수를 어깨에 얹고 있는 그리스도 폴 성물을 구입해 신부님에게 축복을 받은 다음 운전석 앞에 부착한다. 늘 안전운전을 빌어주는 그리스도 폴 성인에 대한 이야기다.

옛날에 태어날 때부터 힘이 엄청나게 센 젊은이가 있었다. 그는 고향을 떠나 이곳저곳을 다니면서 사람들과 힘겨루기를 하였다. 자기보다 힘이 센 장사를 만나는 것이 소원이었다. 그러다가 만난 것이 마귀였다. 그 젊은이는 마귀를 두목으로 모시고 온갖 나쁜 짓을 저질렀다. 그러던 어느 날 저녁 무렵에 어떤 강가에 이르렀다. 그날 밤은 한 은수자(隱修者) 움막에서 자기로 했다. 은수자란 사람들 눈에 띄지 않는 곳에서 수도 생활을 하는 사람을 말한다. 마귀는 움막 거적을 들추고 집안으로 들어섰다. 벽에는 십자가가 걸려 있었다. 이를 본 마귀는 벌벌 떨더니 "나는 십자가에 매달린 예수님을 절대로 이길 수 없소."하고는 도망쳤다. 마귀가 도망치는 모습을 본 젊은이는 십자가에 매달린 예수님을 '새로운 두목'으로 모시기로 했다. 그래서 가장 힘센 두목인 예수님을 만나는 것이 그의 새로운 소원이 되었다.

은수자는 그 젊은이에게 이제 세상일을 모두 끊고 오직 강을 왕래하는 사람들을 등에 업고 건네주라는 소임을 맡겼다. 이튿날부터 사람들을 등에 업고 부지런히 강을 건네주었다. 그러면서 마음을 깨끗하게 닦아나갔다. 언젠가는 새로운 두목 예수님께서 자신에게 나타나실 것이란 믿음을 갖고 사람들을 계속해서 날랐다. 세월이 무척이나 많이 흘렀다. 그 젊은이도

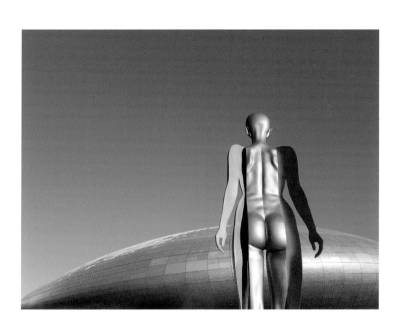

백발의 늙은이가 되었다. 이젠 예수님을 만난다는 소원도 포기했다. 날씨가 몹시 사나운 어느 날 밤이었다. 집 밖에서 누군가 애타게 찾는 목소리가 들렸다. 나가보니 어떤 어린애가 강을 건너게 해달라고 애원하고 있었다. 그는 얼른 어린애를 등에 업고는 어두운 강물 속으로 뛰어들었다. 물살은 무척이나 거셌다. 등에 업은 어린애가 점점 무거워지기 시작했다. 이젠 온 세상을 등에 업은 듯 무거웠다. 강 한복판에 이르자 그 무게에 짓눌려 물속에 잠겨 곧 죽을 것 같았다. 그는 있는 힘을 다해 간신히 강변에 도착했다. 도착하자마자 그 어린애를 내려놓고는 돌아섰다. 그 순간, 놀라운 일이 벌어졌다. 강변 모래밭에는 그가 한평생 만나 뵙기를 고대했던 십자가상의 그 예수님께서 찬란한 후광에 싸인 채 미소 짓고 계셨다. 그러면서 말씀하셨다. "너는 하늘과 땅을 창조하신 분을 업었다. 그래서 너는 앞으로 '그리스도 폴'이라 불릴 것이다." 그리스도 폴은 '그리스도를 나르는 자'라는 뜻이다.

우리도 그리스도 폴 성인처럼 자신의 어깨 위에 십자가를 지고 살아가고 있다. 그러면서 예수님을 언젠가 만날 뵐 수 있다는 희망을 지니고 있다. 우리가 무척이나 힘들어 할 때, 그래서 모든 것을 포기하고 싶을 때 그때 비로소 예수님께서 나타나신다. 그래서 끝까지 희망을 놓지 말아야 한다.

"그러니 깨어 있어라. 너희가 그 날과 그 시간을 모르기 때문이다."(마태 25,13)

감사노트

감사노트 한 권을 샀다. 얼마 전에 가톨릭평화신문에 감사노트에 대한 광고가 나왔다. 광고 속의 '감사'라는 단어를 보자 불현듯 이번 사순 시기는 예전과는 좀 다른 모습으로 주님을 뵈어야겠다는 생각이 들었다. 사순 시기에 매일 매일 감사하는 삶을 살아야 히겠고 이를 기록해보겠다는 결심을 하였다. 그래서 감사노트를 산 것이다. 책은 가톨릭출판사에서 나왔는데 표지가 무척이나 예뻤다. 하늘색 바탕에 빨강색, 노란색, 주홍색 등 아름다운 꽃들이 그려져 있었다. 책 제목은 『오늘 감사 노트』로 '책 같은 노트'였다. 몇 장을 넘기자 이해인 수녀님의 「어떤 기도」라는 시가 나왔다. "적어도 하루에 여섯 번은 감사하자고 예쁜 공책에 적었다. 하늘을 보는 것 바다를 보는 것 숲을 보는 것만으로도 고마운 기쁨이라고 그래서 새롭게 노래하자고…" 수녀님은 하루에 여섯 번 감사하자고 했는데 감사노트에는 여덟 줄이 쳐져 있어 하루에 여덟 번 감사한 내용을 적도록 되어있었다. 책 뒤에는 김수환 추기경님 말씀이 큰 글자로 적혀 있었다. "오늘이 삶의 마지막 순간이라고 생각하세요. 그러면 항상 최선을 다하는 삶을 살 수 있습니다."

'재의 수요일' 미사에서 사제는 신자들 머리에 재를 얹으며 죽음을 기억하며 살아가라고 창세기의 말씀을 들려준다. "사람아, 흙에서 왔으니, 흙으로 다시 돌아갈 것을 생각하여라." 저 흙에서 나와 이 세상에서 이렇게 즐거운 삶을 살고 있으니 행복하다는 생각이 든다. 천상병 시인은 「귀천」에서 이 세상을 아름답게 노래했다. "나 하늘로 돌아가리라 새벽빛 와 닿으면 스러지는 이슬 더불어 손에 손을 잡고 나 하늘로 돌아가리라 노을빛 함께 단 둘이서 기슭에서 놀다가 구름 손짓하면은 나 하늘로 돌아가리라. 아름다운 이 세상 소풍 끝나는 날 가서 아름다웠더라고 말하리라." 시인은 말한다. 이 세상에 '소풍' 왔다고 생각하고 행복하게 살아가라고. 누구나 소풍에 대한 즐거운 추억을 갖고 있다. 이 세상에 소풍 왔듯이 즐겁고 행복하게 살다가 하느님께서 이제 그만 놀고 오라고 손짓하면 집으로 돌아가야 한다.

이번 사순시기에 감사노트를 한 권씩 사서 감사한 일을 매일 매일 적어나가면 어떨까? 어쩌면 삶이 바뀌는 놀라운 기적을 체험하게 될지도 모른다. '습관을 바꾸면 성격이 바뀌고 성격이 바뀌면 운명이 바뀐다.'라는 말이 있다. 사소한 습관이 결국 운명을 바꾼다는 것이다. 감사한 일을 매일 매일 적다 보면 모든 일에 감사하는 습관이 들게 된다. 이 습관은 모든 일에 감사하는 성격을 만든다. 감사하는 성격은 행복한 삶을 살도록 운명을 바꾼다. 처음에는 감사한 일을 찾기 힘들겠지만 매일매일 적다 보면 감사한 일이 이렇게 많은 줄을 깨닫게 된다. 이러한 의미에서 신앙인은 바오로 사도가 테살로니카 신자들에게 보낸 편지의 마지막 부분을 꼭 기억해야 한다.

"언제나 기뻐하십시오. 끊임없이 기도하십시오. 모든 일에 감사하십시오."(1데살 5,16-18)

하느님 당신도

소설가 박완서는 남편을 병으로 잃고 몇 개월 후에 또 단 하나밖에 없는 아들도 잃었다. 그녀는 짐승처럼 울부짖으며 엉엉 소리 내어 통곡했다. 자식이 부모보다 먼저 죽는 참혹한 슬픔을 '참척'(慘慽)이라 한다. 인간이 느낄 수 있는 가장 큰 슬픔이다. 참척을 당한 에미는 다음과 같이 하느님을 원망했다.

> 원태야. 원태야. 우리 원태야. 내 아들아. 이 세상에 네가 없다니 그게 정말이냐? 하느님도 너무하십니다. … 그 아이를 데려가시다니요. 하느님 당신도 실수를 하는군요. 그럼 하느님도 아니지요.

그 죽은 아이는 스물다섯 살밖에 안 되었고, 튼튼한 몸과 잘생긴 얼굴을 지니고 있었고, 앞날이 무척이나 촉망되는 젊은 의사였다. 이토록 소중한 아들을 잃은 어미 박완서는 '하느님의 장난'을 원망하고 또 원망했다. 하느님은 자신의 모습대로 사람을 만들어 놓고 이렇게 참혹할 정도로 장난을 치느냐고 피눈물을 흘리며 원망했다.

그 아들은 최고 명문대 의과대학에서 인턴 과정을 마치고 전문의를 선택할 때 남들이 가기를 주저하는 마취과를 선택했다. 에미는 이를 못마땅해 왜 하필 마취과냐고 물었다. 아들은 마취과 의사는 주로 수술실에서 의식이 없는 환자들과 마주하는데 수술이 무사히 끝나고 의식이 돌아오면 할 일이 없어지는 의사이며, 환자도 환자 가족도 전혀 기억하지 못하는 의사이므로 그것이 좋아 마취과 의사를 선택했다고 대답했다.

이렇게 어질고 똑똑한 아들을 잃은 에미는 예수님이 매달려 있는 십자고상(十字苦像)을 원망의 눈빛으로 쳐다보았다. 그러자 예수님은 실컷 욕하고 원망하라는 표정 같았다. 박완서는

십자고상의 예수님 모습이 무척이나 슬퍼 보이기도 하고 모든 것을 다 이해하고 계신 것 같다는 생각이 들었다.

그 후, 박완서는 이해인 수녀님이 있는 부산의 수녀원으로 내려갔다. 바다가 보이는 그곳에서 생활하며 마음을 다스렸다. 그곳에서 참척의 깊은 슬픔도 조금씩 이겨낼 수 있었다. 그리하여 다시 글을 쓰게 되었고 중단했던 장편 연재도 완성하고 새로운 소설도 썼다. 박완서는 자신이 다시 글을 쓰게 되었다는 것은 아들이 없는 세상이지만 다시 사랑하게 되었다는 것과 같다는 것을 깨달았다. 이제 아들이 없는 세상도 사랑할 수 있게 된 것이다. 박완서는 이렇게 고백한다. "주님, 저에게 다시 이 세상을 사랑할 수 있는 능력을 주서서 감사합니다."

"행복하여라, 슬퍼하는 사람들! 그들은 위로를 받을 것이다."(마태 5,4)

물처럼

나이가 들수록 공자가 지은 『논어』보다는 노자의 『도덕경』이나 『장자』를 더 많이 읽게 된다. 『장자』는 책이 두꺼워 좀처럼 손에 잡기가 쉽지 않은데 도덕경은 조금은 얇아서 가까이하게 된다. 요즘 사순시기에 『도덕경』을 읽다가 다음과 같은 구절이 마음에 와닿았다. 『도덕경』에서도 가장 유명한 말이다.

가장 훌륭한 것은 물처럼 되는 것입니다.
물은 모든 것을 섬길 뿐,
그것들과 다투는 일이 없고,
모두가 싫어하는 '낮은' 곳으로 흐를 뿐입니다.
그래서 물은 도에 가장 가깝습니다.
上善若水

水善利萬物而不爭

處衆人之所惡

故幾於道

노자가 『도덕경』에서 가르치고자 한 삶의 자세는 한마디로 '물 같이 되라.'이다. 물은 『도덕경』에서 도의 최고 상징이다. 온갖 세상의 만물은 물 없이는 살 수가 없다. 물은 모든 만물에게 도움이 된다. 물은 파릇파릇한 생명을 준다. 물은 더러운 것을 말끔히 깨끗하게 해준다. 물은 어떠한 그릇에 담아도 그 그릇 모양대로 담긴다. 물은 오직 낮은 곳으로만 흐른다. 물은 인정받으려고 싸우지 않는다. 물은 비나 눈, 얼음이나 수증기의 모습으로 변하지만 언제나 물로 돌아온다. 물은 이 세상의 모든 것을 받아들이고 포용한다. 물은 늘 겸손하고 겸허하다.

이렇게 착한 모습을 지니고 있는 물을 생각하며 예수님의 삶을 묵상해 본다. 어쩌면 '예수님의 삶도 물 같은 삶이 아니었을까?'라는 생각이 든다. 예수님은 지존하신 하느님의 아드님인데도 산골 마을 베들레헴의 그 추운 마구간에서 태어나셨다. 세례자 요한에게서 세례를 받으실 때도 고개를 낮게 숙여가며

받으셨다. 가나 혼인 잔치에서 포도주가 다 떨어졌을 때, 어머니의 요청에 기꺼이 물을 포도주로 변화시켜 주셨다. 고향 회당에서 가르치실 때도 사람들에게 '저 사람은 목수의 아들이 아닌가?'라며 무시를 당하셨다. 육체적으로 정신적으로 고통을 받는 수많은 사람을 고쳐주셨다.

겟세마니 동산에서 피땀 흘리며 기도하실 때도 "아버지, 하실 수만 있으시면 이 잔이 저를 비켜 가게 해 주십시오. 그러나 제가 원하는 대로 하지 마시고 아버지께서 원하시는 대로 하십시오."라며 철저히 하느님 말씀에 순종하셨다. 살점이 뚝뚝 떨어져 나가는 채찍질을 당하면서도, 이마에서 피가 철철 흐르는 가시관 고통을 당하면서도 하느님의 뜻에 따랐다. 마침내 그 무거운 십자가를 지고 골고타 언덕까지 오르셨고, 그곳에서 십자가에 못 박혀 돌아가셨다.

예수님은 물처럼 착하게 태어나셨고, 물처럼 착하게 사셨고, 물처럼 착하게 돌아가셨다.

"물이신 예수님, 찬미 받으소서. 저희도 이 사순절에 예수님처럼 물처럼 착한 삶을 살겠습니다."

웜홀

〈인터스텔라〉라는 영화를 보았다. 그 옛날 물리 수업시간에 배웠던 아인슈타인의 일반 상대성 이론을 비롯해서 최근의 새로운 과학이론인 웜홀(worm hole)과 블랙홀을 영상으로 볼 수 있었다. 사실 이것들은 인간의 눈에는 보이질 않는다. 과학자들이 우주망원경을 동해 수집한 자료들을 갖고 예술가들이 컴퓨터 그래픽으로 멋지게 그려낸 것이다. 웜홀은 사과의 몸통을 벌레가 파먹어 들어간 구멍으로 시간과 공간을 초월해 다른 세계로 안내한다는 '우주적 통로'를 뜻한다.

영화는 지구에서 쏘아 올린 우주선 하나가 토성 고리에 있는 웜홀을 통해 다른 별로 가는 모습을 실감 나게 보여준다. 이론으로만 들었던 웜홀과 빛까지도 빨아들인다는 블랙홀의 모습을 멋진 영상으로 생생하게 볼 수 있어서 무척이나 흥미로웠다. 과학적 상상력과 예술적 창의력의 위대함에 또다시 놀랐다.

1977년 9월 5일, 우주탐사선 보이저호가 지구에서 쏘아 올려졌다. 2012년에 보이저호는 우리가 살고 있는 태양계를 벗어났다. 그리고 우주로 향한지 40년이 지나고 있는 현재 다른 은하계로 여행을 계속하고 있다. 보이저호의 운항 속도는 초속 17km이다. 이는 총알 속도의 17배나 된다. 보이저호가 날아간 거리는 초속 30만 킬로미터의 빛의 속도로 19시간이나 걸리는 정말 상상할 수 없는 머나먼 거리이다. 보이저호는 인간이 만든 물건으로는 가장 멀리 우주로 날아가고 있다. 이런 사실을 접할 때마다 우주가 얼마나 광대한지 놀랍기만 하다.

영화는 같은 시간이라도 나에게서의 시간과 저 사람에게서의 시간이 각기 다르다는 것을 흥미진진하게 보여준다. 영화 속의 주인공은 5차원의 세계를 통해 사랑하는 딸과 시간과 공간을 초월한 사랑을 눈물겹도록 시도한다. 그 장면은 참으로 감동적이었다.

나는 이 영화를 보면서 웜홀이 실제로 있어 이를 통해 예수님 시대로 가면 얼마나 좋을까 하고 생각해보았다. 우리 가톨릭 신자들에게는 예수님께 갈 수 있는 웜홀이 따로 준비되어 있다. 이미 하느님께서 만들어 놓으셨다. 그 웜홀은 바로 '성경'이다. 성경은 우리를 시간과 공간을 초월해 하느님 세계로 안내한다. 아담과 하와가 에덴동산에서 행복하게 살았던 창세기로, 모세가 이스라엘 백성들을 데리고 홍해 바다를 가로질러 이집트에서 탈출하던 그 시대로, 그리고 엠마오로 가던 제자들이 길에서 예수님을 뵌 놀라운 그 날로 우리를 데리고 간다. 지금 우리는 웜홀을 타고 예수님께 갈 수 있다. 예수님을 만나러 갈 준비가 되어 있는가?